鹿守我的梦，鸟祝我的醒

戴望舒诗选

戴望舒————著

北塔————编

出版传媒集团

人民出版社

图书在版编目（CIP）数据

　　鹿守我的梦，鸟祝我的醒：戴望舒诗选 / 戴望舒著；
北塔编 . -- 天津：天津人民出版社，2019.12
　　（星辰文库）
　　ISBN 978-7-201-15517-3

　　Ⅰ . ①鹿… Ⅱ . ①戴… ②北… Ⅲ . ①诗集 – 中国 –
现代 Ⅳ . ① I226

　　中国版本图书馆 CIP 数据核字 (2019) 第 255542 号

鹿守我的梦，鸟祝我的醒：戴望舒诗选
LUSHOU WODEMENG, NIAOZHU WODEXING: DAIWANGSHU SHIXUAN

出　　版	天津人民出版社	
出 版 人	刘　庆	
地　　址	天津市和平区西康路 35 号康岳大厦	
邮政编码	300051	
邮购电话	（022）23332469	
网　　址	http://www.tjrmcbs.com	
电子信箱	reader@tjrmcbs.com	
责任编辑	李　荣	
装帧设计	UNLOOK · @ 广岛 Alvin	
印　　刷	北京金特印刷有限责任公司	
经　　销	新华书店	
开　　本	880 毫米 × 1230 毫米　1/32	
印　　张	7.5	
字　　数	240 千字	
版次印次	2019 年 12 月第 1 版　2019 年 12 月第 1 次印刷	
定　　价	52.00 元	

学诗要从戴望舒的现代主义出发

北塔

经常碰到喜欢写诗的年轻人问我：该读什么样的诗才能提高自己的写作水平？

我一般的回答是：要多读现代主义，从波德莱尔及其开创的象征主义开始。

我之所以有此建议，是因为我痛感经常接触到许多写诗的年轻人（包括中老年人），还在弄平庸的现实主义和浅薄的浪漫主义；似乎他们的写作跟他们所处的现代社会没有多大的关系。现代社会生活的基本特征是复杂、难懂、枝蔓、被动、多样、多变。我们要有一整套与传统迥异的思维方式、修辞策略与之相匹配，这就是诗学的现代性。

从这个意义上说，现在许多写诗的人的观念和手法还不如

20世纪30年代戴望舒他们先进。象征主义诗歌早在19世纪50年代就在法国发轫，早在20世纪20年代中期就有李金发等中国诗人的仿作。但李金发只是在自己的创作里用到大量的象征主义的元素，他虽然也尝试着把西方现代主义跟中国传统诗歌资源结合起来，但没有能有机地融合两者。他也没有翻译象征主义的诗歌，他只自己吃，不太愿意拿出来跟人分享。那时，能够读懂象征主义诗歌的法文原文的中国人没几个，因此，特别需要高水平的翻译。

望舒的诗和译诗是现代主义诗歌中国化或者说中国现代主义诗歌成熟的标志和样本。他不仅自己大嚼特嚼、消化吸收外国营养，以助于他的创作；而且还乐意花费大量时间精力，把象征主义尤其是波德莱尔的诗翻译出来，分享给嗷嗷待哺的中国读者。我甚至认为，李金发之所以没有能让他的诗成为中法文学结合之后的宁馨儿，是因为他不做翻译。翻译是让人深入细致地体味并研究原文里里外外、各种因素的最彻底途径，而且也是让人同时调动起始语和目的语两种文学资源去造就新样态杰作的不二法门。因此，翻译给创作带来的具体入微的裨益，是无与伦比的。望舒在创作上的革新和转圜，与他的翻译是同步的。因此，我觉得，我们不仅要读望舒写的诗，还要读他译的诗。

由于望舒写的诗和译的诗不仅在文学史而且在文学文本的意义上都很重要，而且有互文性；因此，把两者放在一起出版俨然成为一种惯例。早在1989年5月浙江文艺出版社推出的《戴望舒诗全编》（梁仁编）中，就包括了创作诗、译诗和诗论三个部分。1999年中国青年出版社推出的《戴望舒全集》之"诗歌卷"则包括了前两个部分，只不过增加了奥维德的《爱经》；而且体例也跟《戴望舒诗全编》差别不大。这两部书的共同特点是"全"，共同缺点是太厚，达700多页。有些读者拿在手里可能有点负重感。

或许正是因此，现代出版社2015年8月故意推出一部不全的"全集"，即《戴望舒诗全集》。之所以还勉强能叫"全集"，大概是因为此书收入了望舒写的所有诗；但从翻译角度来说，这部书是名不副实的，即砍掉了不少译诗（如英国道生的只选入三首）。这部书的总篇幅约350页，也还是有点太厚。

我一直主张：普通读者（跟职业读者比，他们往往是业余读书，时间少得多）只需要读名家的精选集即可，专门从事研究的如我辈才需要读全集。望舒一生所写诗作虽然只有区区92首，其中多半作品还是没必要让普通读者去耗费时间。他的翻译呢，则有几百首之多，其中大部分只对少数专家有用。因此，我们删之又删，目的是为了出版一部善之又善的精选集。

望舒的后期诗作深入到了现实的内部，浸透了苦难的感受，比如中日两个民族之间的战争，比如夫妻两个人之间的战争。不过，他还是用现代主义的典型做法，多用暗喻和象征，表现得曲折、隐晦。可以说是现实现代主义或现代现实主义。

从这个角度说，他的所思所想和语言策略，可依然为当代读者所感受并利用，即可以帮助我们感受我们自己的现实、表现我们自己的生活。

我想，这就是在过去的这些年里望舒的诗在普通读者的阅读谱系中持续升温的一个内在原因吧。

2019.5.14于京郊菅慧寺

目
录
Contents

下篇　译诗选

/

上　篇

诗　选

夕阳下

晚云在暮天上散锦，
溪水在残日里流金；
我瘦长的影子飘在地上，
像山间古树底寂寞的幽灵。

远山啼哭得紫了，
哀悼着白日底长终；
落叶却飞舞欢迎
幽夜底衣角，那一片清风。

荒冢里流出幽古的芬芳，
在老树枝头把蝙蝠迷上，
它们缠绵琐细的私语，
在晚烟中低低地回荡。

幽夜偷偷地从天末来，
我独自还恋恋地徘徊；
在这寂寞的心间，我是
消隐了忧愁，消隐了欢快。

山行

见了你朝霞的颜色，
便感到我落月的沉哀，
却似晓天的云片，
烦怨飘上我心来。

可是不听你啼鸟的娇音，
我就要像流水地呜咽，
却似凝露的山花，
我不禁地泪珠盈睫。

我们彳亍在微茫的山径，
让梦香吹上了征衣，
和那朝霞，和那啼鸟，
和你不尽的缠绵意。

残花的泪

寂寞的古园中，
明月照幽素，
一枝凄艳的残花
对着蝴蝶泣诉：

我的娇丽已残，
我的芳时已过，
今宵我流着香泪，
明朝会萎谢尘土。

我的旖艳与温馨，
我的生命与青春
都已为你所有，
都已为你消受尽！

你旧日的蜜意柔情，
如今已抛向何处？
看见我憔悴的颜色，
你啊，你默默无语！

你会把我孤凉地抛下，
独自蹁跹地飞去，
又飞到别枝春花上，
依依地将她恋住。

明朝晓日来时
小鸟将为我唱薤露歌；
你啊，你不会眷顾旧情
到此地来凭吊我！

十四行

看微雨飘落在你披散的鬓边，
像小珠散落在青色的海带草间
或是死鱼浮在波浪上，
闪出万点神秘又凄切的幽光，

它诱着又带着我青色的魂灵
到爱和死的王国中逡巡，
那里有金色山川和紫色太阳，
而可怜的生物流喜泪到胸膛；

就像一只黑色的衰老的瘦猫，
在幽光中我憔悴又伸着懒腰，
吐出我一切虚伪和真诚的骄傲，

然后又跟着它踉跄在薄雾朦胧，
像淡红的酒味飘浮在琥珀钟，
我将有情的眼埋藏在幽暗的记忆中。

雨巷

撑着油纸伞，独自
彷徨在悠长，悠长
又寂寥的雨巷，
我希望逢着
一个丁香一样地
结着愁怨的姑娘。

她是有
丁香一样的颜色，
丁香一样的芬芳，
丁香一样的忧愁，
在雨中哀怨，
哀怨又彷徨。

她彷徨在这寂寥的雨巷，
撑着油纸伞
像我一样，
像我一样地

默默彳亍着，

冷漠，凄清，又惆怅。

她静默地走近

走近，又投出

太息一般的眼光，

她飘过

像梦一般地，

像梦一般地凄婉迷茫。

像梦中飘过

一枝丁香地，

我身旁飘过这女郎；

她静默地远了，远了，

到了颓圮的篱墙，

走近这雨巷。

在雨的哀曲里，

消了她的颜色，

散了她的芬芳，

消散了，甚至她的

太息般的眼光，

她丁香般的惆怅。

撑着油纸伞，独自
彷徨在悠长，悠长
又寂寥的雨巷，我希望飘过
一个丁香一样地
结着愁怨的姑娘。

我底记忆

我底记忆是忠实于我的，
忠实甚于我最好的友人。

它生存在燃着的烟卷上，
它生存在绘着百合花的笔杆上，
它生存在破旧的粉盒上，
它生存在颓垣的木莓上，
它生存在喝了一半的酒瓶上，
在撕碎的往日的诗稿上，在压干的花片上，
在凄暗的灯上，在平静的水上，
在一切有灵魂没有灵魂的东西上，
它在到处生存着，像我在这世界一样。

它是胆小的，它怕着人们的喧嚣，
但在寂寥时，它便对我来作密切的拜访。
它的声音是低微的，
但是它的话却很长，很长，
很长，很琐碎，而且永远不肯休；

它的话是古旧的，老讲着同样的故事，
它的音调是和谐的，老唱着同样的曲子，
有时它还模仿着爱娇的少女的声音，
它底声音是没有气力的，
而且还夹着眼泪，夹着太息。

它底拜访是没有一定的，
在任何时间，在任何地点，
时常当我已上床，朦胧地想睡了；
或是选一个大清早，
人们会说它没有礼貌，
但是我们是老朋友。

它是琐琐地永远不肯休止的，
除非我凄凄地哭了，
或者沉沉地睡了，
但是我永远不讨厌它，
因为它是忠实于我的。

林下的小语

走进幽暗的树林里
人们在心头感到寒冷，
亲爱的，在心头你也感到寒冷吗，
当你在我的怀里
而我们的唇又粘着的时候

不要微笑，亲爱的，
啼泣一些是温柔的，
啼泣吧，亲爱的，啼泣在我底膝上，
在我底胸头，在我底颈边。
啼泣不是一个短促的欢乐。

"追随你到世界的尽头"，
你固执地这样说着吗？
你在戏谑吧！你去追平原的天风吧！
我呢，我是比天风更轻，更轻，
是你永远追随不到的。

哦，不要请求我的无用心了！

你到山上去觅珊瑚吧，

你到海底去觅花枝吧；

什么是我们的好时光的纪念吗？

在这里，亲爱的，在这里，

这沉哀，这绛色的沉哀。

秋天

再过几日秋天是要来了，
默坐着，抽着陶制的烟斗，
我已隐隐听见它的歌吹
从江水的船帆上。

它是在奏着管弦乐：
这个使我想起做过的好梦；
我从前认它为好友是错了，
因为它带来了烦忧给我。

林间的猎角声是好听的，
在死叶上的漫步也是乐事，
但是，独身汉的心地我是很清楚的，
今天，我是没有这闲雅的兴致。

你对它没有爱也没有恐惧，
你知道它所带来的东西的重量，
我是微笑着，安坐在我的窗前，
当飘云带着恐吓的口气来说：
秋天来了，望舒先生！

没有心的一切的烦恼，

这心，它，已不是属于我的，

而有人已把它抛弃了，

像人们抛弃了敝屣一样。

印象

是飘落深谷去的
幽微的铃声吧，
是航到烟水去的
小小的渔船吧，
如果是青色的真珠；
它已堕到古井的暗水里。

林梢闪着的颓唐的残阳，
它轻轻地敛去了
跟着脸上浅浅的微笑。

从一个寂寞的地方起来的，
迢遥的，寂寞的呜咽，
又徐徐回到寂寞的地方，寂寞地。

烦忧

说是寂寞的秋的悒郁，
说是辽远的海的怀念。
假如有人问我烦忧的原故，
我不敢说出你的名字。

我不敢说出你的名字，
假如有人问我烦忧的原故：
说是辽远的海的怀念，
说是寂寞的秋的悒郁。

流水

在寂寞的黄昏里，
我听见流水嘹亮的言语：

"穿过暗黑的，暗黑的林，
流到那边去！
到升出赤色的太阳的海去！

"你，被践踏的草和被弃的花，
一同去，跟着我们的流一同去。

"冲过横在路头的顽强的石，
溅起来，溅起浪花来，
从它上面冲过去！

"泻过草地，泻过绿色的草地，
没有踌躇或是休止，
把握住你的意志。

"我们是各处的水流的集体，

从山间，从乡村，
从城市的沟渠……
我们是力的力。

"决了堤防，破了闸！
阻拦我们吗？
你会看见你的毁灭……"

在一个寂寂的黄昏里，
我看见一切的流水，
在同一个方向中，
奔流到太阳的家乡去。

我们的小母亲

机械将完全地改变了，在未来的日子——
不是那可怖的汗和血的榨床，
不是驱向贫和死的恶魔的大车。
它将成为可爱的，温柔的，
而且仁慈的，我们的小母亲，
一个爱着自己的多数的孩子的，
用有力的，热爱的手臂，
紧抱着我们，抚爱着我们的
我们这一类人的小母亲。

是啊，我们将没有了恐慌，没有了憎恨，
我们将热烈地爱它，用我们多数的心。
我们不会觉得它是一个静默的铁的神秘，
在我们，它是有一颗充着慈爱的血的心的，
一个人间的孩子们的母亲。

于是，我们将劳动着，相爱着，
在我们的小母亲的怀里，

在我们的小母亲的怀里，

我们将互相了解，

更深切地互相了解……

而我们将骄傲地自庆着，

是啊，骄傲地，有一个

完全为我们的幸福操作着

慈爱地抚育着我们的小母亲，

我们的有力的铁的小母亲！

我的素描

辽远的国土的怀念者，
我，我是寂寞的生物。

假如把我自己描画出来，
那是一幅单纯的静物写生。

我是青春和衰老的集合体，
我有健康的身体和病的心。

在朋友间我有爽直的声名，
在恋爱上我是一个低能儿。

因为当一个少女开始爱我的时候，
我先就要栗然地惶恐。

我怕着温存的眼睛，
像怕初春青空的朝阳。

我是高大的，我有光辉的眼；

我用爽朗的声音恣意谈笑。

但在悒郁的时候，我是沉默的，

悒郁着，用我二十四岁的整个的心。

单恋者

我觉得我是在单恋着，
但是我不知道是恋着谁：
是一个在迷茫的烟水中的国土吗，
是一支在静默中零落的花吗，
是一位我记不起的陌路丽人吗？
我不知道。
我知道的是我的胸膛胀着，
而我的心悸动着，像在初恋中。

在烦倦的时候，
我常是暗黑的街头的踯躅者，
我走遍了嚣嚷的酒场，
我不想回去，好像在寻找什么。
飘来一丝媚眼或是塞满一耳腻语，
那是常有的事。
但是我会低声说：
"不是你！"然后踉跄地走向他处。
人们称我为"夜行人"，

尽便吧，这在我是一样的；

真的，我是一个寂寞的夜行人。

而且又是一个可怜的单恋者。

村姑

村里的姑娘静静地走着，
提着她的蚀着青苔的水桶；
溅出来的冷水滴在她的跣足上，
而她的心是在泉边的柳树下。

这姑娘会静静地走到她的旧屋去，
那在一棵百年的冬青树荫下的旧屋，
而当她想到在泉边吻她的少年，
她会微笑着，抿起了她的嘴唇。

她将走到那古旧的木屋边，
她将在那里惊散了一群在啄食的瓦雀，
她将静静地走到厨房里，
又静静地把水桶放在干刍边。

她将帮助她的母亲造饭，
而从田间回来的父亲将坐在门槛上抽烟，
她将给猪圈里的猪喂食，
又将可爱的鸡赶进它们的窠里去。

在暮色中吃晚饭的时候，
她的父亲会谈着今年的收成，
他或许会说到他的女儿的婚嫁，
而她便将羞怯地低下头去。

她的母亲或许会说她的懒惰，
（她打水的迟延便是一个好例子，）
但是她不会听到这些话，
因为她在想着那有点鲁莽的少年。

昨晚

我知道昨晚在我们出门的时候，

我们的房里一定有一次热闹的宴会，

那些常被我的宾客们当作没有灵魂的东西，

不用说，都是这宴会的佳客：

这事情我也能容易地觉出，

否则这房里决不会零乱，

不会这样氤氲着烟酒的气味。

它们现在是已经安分守己了，

但是扶着残醉的洋娃娃却眨着眼睛，

我知道她还会撒痴撒娇：

她的头发是那样地蓬乱，而舞衣又那样地皱，

一定的，昨晚她已被亲过了嘴。

那年老的时钟显然已喝得太多了，

他还渴睡着，而把他的职司忘记；

拖鞋已换了方向，易了地位，

他不安静地躺在床前，而横出塌下。

粉盒和香水瓶自然是最漂亮的娇客，

因为她们是从巴黎来的，

而且准跳过那时行的"黑底舞";

还有那个龙钟的瓷佛,他的年岁比我们还大,

他听过我祖母的声音,又受过我父亲的爱抚,

他是慈爱的长者,他必然居过首席。

(他有着一颗什么心会和那些后生小子和谐?)

比较安静的恐怕只有那桌上的烟灰盂,

他是昨天刚在大路上来的,他是生客。

还有许许多多的有伟大的灵魂的小东西,

它们现在都已敛迹,而且又装得那样规矩,

它们现在是那样安静,但或许昨晚最会胡闹。

对于这些事物的放肆我倒并不嗔怪,

我不会发脾气,因为像我们一样,

它们在有一些的时候也应得狂欢痛快。

但是我不懂得它们为什么会胆小害怕我们,

我们不是严厉的主人,我们愿意它们同来!

这些我们已有过了许多证明,

如果去问我的荷兰烟斗,它便会讲给你听。

款步（一）

这里是爱我们的苍翠的松树，
它曾经遮住你的羞涩和我的胆怯，
我们的这个同谋者是有一个好记性的，
现在，它还向我们说着旧话，但并不揶揄。

还有那多嘴的深草间的小溪，
我不知道它今天为什么缄默：
我不看见它，或许它已换一条路走了，
饶舌着，施施然绕着小村而去了。

这边是来做夏天的客人的闲花野草，
它们是穿着新装，像在婚筵里，
而且在微风里对我们作有礼貌的礼敬，
好像我们就是新婚夫妇。

我的小恋人，今天我不对你说草木的恋爱，
却让我们的眼睛静静地说我们自己底，
而且我要用我的舌头封住你的小嘴唇了，
如果你再说：我已闻到你的愿望的气味。

游子谣

海上微风起来的时候，
暗水上开遍青色的蔷薇。
——游子的家园呢？

篱门是蜘蛛的家，
土墙是薜荔的家，
枝繁叶茂的果树是鸟雀的家。

游子却连乡愁也没有，
他沉浮在鲸鱼海蟒间：
让家园寂寞的花自开自落吧。

因为海上有青色的蔷薇，
游子要萦系他冷落的家园吗？
还有比蔷薇更清冷的旅伴呢。

夜行者

这里他来了：夜行者！
冷清清的街上有沉着的跫音，
从黑茫茫的雾，
到黑茫茫的雾。

夜的最熟稔的朋友，
他知道它的一切琐碎，
那么熟稔，在它的熏陶中
他染了它一切最古怪的脾气。

夜行者是最古怪的人。
你看他走在黑夜里：
戴着黑色的毡帽，
迈着夜一样静的步子。

旅思

故乡芦花开的时候，
旅人的鞋跟染着征泥，
粘住了鞋跟，粘住了心的征泥，
几时经可爱的手拂拭?

栈石星饭的岁月，
骤山骤水的行程：
只有寂静中的促织声，
给旅人尝一点家乡的风味。

不寐

在沉静底音波中，
每个爱娇的影子
在眩晕的脑里
作瞬间的散步；

只有短促的瞬间，
然后列成桃色的队伍，
月移花影地淡然消溶：
飞机上的阅兵式。

掌心抵着炎热的前额，
腕上有急促的温息；
是那一宵的觉醒啊？
这种透过皮肤的温息。

让沉静底最高的音波
来震破脆弱的耳膜吧。
窒息的白色帐子，墙……
什么地方去喘一口气呢？

深闭的园子

五月的园子，
已花繁叶满了，
浓荫里却静无鸟喧。

小径已铺满苔藓，
而篱门的锁也锈了——
主人却在迢遥的太阳下。

在迢遥的太阳下，
也有璀璨的园林吗？

陌生人在篱边探首，
空想着天外的主人。

寻梦者

梦会开出花来的，
梦会开出娇妍的花来的：
去求无价的珍宝吧。

在青色的大海里，
在青色的大海的底里，
深藏着金色的贝一枚。

你去攀九年的冰山吧，
你去航九年的旱海吧，
然后你逢到那金色的贝。

它有天上的云雨声，
它有海上的风涛声。
它会使你的心沉醉。

把它在海水里养九年，
把它在天水里养九年，
然后，它在一个暗夜里开绽了。

当你鬓发斑斑了的时候，
当你眼睛朦胧了的时候，
金色的贝吐出桃色的珠。

把桃色的珠放在你怀里，
把桃色的珠放在你枕边，
于是一个梦静静地升上来了。

你的梦开出花来了，
你的梦开出娇妍的花来了，
在你已衰老了的时候。

乐园鸟

飞着，飞着，春，夏，秋，冬，
昼，夜，没有休止，
华羽的乐园鸟，
这是幸福的云游呢，
还是永恒的苦役？

渴的时候也饮露，
饥的时候也饮露，
华羽的乐园鸟，
这是神仙的佳肴呢，
还是为了对于天的乡思？

是从乐园里来的呢，
还是到乐园里去的？
华羽的乐园鸟，
在茫茫的青空中，
也觉得你的路途寂寞吗？

假使你是从乐园里来的，

可以对我们说吗，

华羽的乐园鸟，

自从亚当、夏娃被逐后，

那天上的花园已荒芜到怎样了？

微笑

轻岚从远山飘开，
水蜘蛛在静水上徘徊；
说吧：无限意，无限意。

有人微笑，
一棵心开出花来，
有人微笑，
许多脸儿忧郁起来。

做定情之花带的点缀吧，
做遥迢之旅愁之凭籍吧。

赠克木

我不懂别人为什么给那些星辰
取一些它们不需要的名称，
它们闲游在太空，无牵无挂，
不了解我们，也不求闻达。

记着天狼，海王，大熊……这一大堆，
还有它们的成分，它们的方位，
你绞干了脑汁，涨破了头，
弄了一辈子，还是个未知的宇宙。

星来星去，宇宙运行，
春秋代序，人死人生，
太阳无量数，太空无限大，
我们只是倏忽渺小的夏虫井蛙。

不痴不聋，不做阿家翁，
为人之大道全在懵懂，
最好不求甚解，单是望望，
看天，看星，看月，看太阳。

也看山，看水，看云，看风，
看春夏秋冬之不同，
还看人世的痴愚，人世的悾惚：
静默地看着，乐在其中。

乐在其中，乐在空与时以外，
我和欢乐都超越过一切的境界，
自己成一个宇宙，有它的日月星，
来供你钻究，让你皓首穷经。

或是我将变一颗奇异的彗星，
在太空中欲止即止，欲行即行，
让人算不出轨迹，瞧不透道理，
然后把太阳敲成碎火，把地球撞成泥。

一九三六年五月十八日

夜蛾

绕着蜡烛的圆光，
夜蛾作可怜的循环舞，
这些众香国的谪仙不想起
已死的虫，未死的叶。

说这是小睡中的亲人，
飞越关山，飞越云树，
来慰藉我们的不幸，
或者是怀念我们的死者，
被记忆所逼，离开了寂寂的夜台来。

我却明白它们就是我自己，
因为它们用彩色的大绒翅
遮覆住我的影子，
让它留在幽暗里。
这只是为了一念，不是梦，
就像那一天我化成凤。

一九三六年十二月二十六日

寂寞

园中野草渐离离，
托根于我旧时的脚印，
给他们披青春的彩衣：
星下的盘桓从兹消隐。

日子过去，寂寞永存，
寄魂于离离的野草，
像那些可怜的灵魂，
长得如我一般高。

我今不复到园中去，
寂寞已如我一般高：
我夜坐听风，昼眠听雨，
悟得月如何缺，天如何老。

一九三七年二月十二日

我思想

我思想，故我是蝴蝶……
万年后小花的轻呼
透过无梦无醒的云雾，
来振撼我斑斓的彩翼。

一九三七年三月十四日

元日祝福

新的年岁带给我们新的希望。
祝福！我们的土地，
血染的土地，焦裂的土地，
更坚强的生命将从而滋长。

新的年岁带给我们新的力量。
祝福！我们的人民，
坚苦的人民，英勇的人民，
苦难会带来自由解放。

一九三九年元旦日

白蝴蝶

给什么智慧给我，
小小的白蝴蝶，
翻开了空白之页，
合上了空白之页？

翻开的书页：
寂寞；
合上的书页：
寂寞。

一九四〇年五月三日

致萤火

萤火，萤火，
你来照我。

照我，照这沾露的草，
照这泥土，照到你老。

我躺在这里，让一颗芽
穿过我的躯体，我的心，
长成树，开花；

让一片青色的藓苔，
那么轻，那么轻
把我全身遮盖，

像一双小手纤纤，
当往日我在昼眠，
把一条薄被
在我身上轻披。

我躺在这里
咀嚼着太阳的香味；
在什么别的天地，
云雀在青空中高飞。

萤火，萤火，
给一缕细细的光线——
够担得起记忆，
够把沉哀来吞咽！

一九四一年六月二十六日

狱中题壁

如果我死在这里，
朋友啊，不要悲伤，
我会永远地生存
在你们的心上。

我们之中的一个死了，
在日本占领地的牢里，
他怀着的深深仇恨，
你们应该永远地记忆。

当你们回来，从泥土
掘起他伤损的肢体，
用你们胜利的欢呼
把他的灵魂高高扬起，

然后把他的白骨放在山峰，
曝着太阳，沐着飘风：

在那暗黑潮湿的土牢，

这曾是他唯一的美梦。

一九四二年四月二十七日

我用残损的手掌

我用残损的手掌

摸索这广大的土地：

这一角已变成灰烬，

那一角只是血和泥；

这一片湖该是我的家乡，

（春天，堤上繁花如锦障，

嫩柳枝折断有奇异的芬芳，）

我触到荇藻和水的微凉；

这长白山的雪峰冷到彻骨，

这黄河的水夹泥沙在指间滑出；

江南的水田，你当年新生的禾草

是那么细，那么软……现在只有蓬蒿；

岭南的荔枝花寂寞地憔悴，

尽那边，我蘸着南海没有渔船的苦水……

无形的手掌掠过无限的江山，

手指沾了血和灰，手掌粘了阴暗，

只有那辽远的一角依然完整，

温暖，明朗，坚固而蓬勃生春。

在那上面，我用残损的手掌轻抚，

像恋人的柔发，婴孩手中乳。

我把全部的力量运在手掌

贴在上面，寄与爱和一切希望，

因为只有那里是太阳，是春，

将驱逐阴暗，带来苏生，

因为只有那里我们不像牲口一样活，

蝼蚁一样死……那里，永恒的中国！

一九四二年七月三日

等待（一）

我等待了两年，
你们还是这样遥远啊！
我等待了两年，
我的眼睛已经望倦啊！

说六个月可以回来啦，
我却等待了两年啊，
我已经这样衰败啦，
谁知道还能够活几天啊。

我守望着你们的脚步，
在熟稔的贫困和死亡间，
当你们再来，带着幸福，
会在泥土中看见我张大的眼。

一九四三年十二月三十一日

等待（二）

你们走了，留下我在这里等，
看血污的铺石上徘徊着鬼影，
饥饿的眼睛凝望着铁栅，
勇敢的胸膛迎着白刃：
耻辱粘住每一颗赤心，
在那里，炽烈地燃烧着悲愤。

把我遗忘在这里，让我见见
屈辱的极度，沉痛的界限，
做个证人，做你们的耳，你们的眼，
尤其做你们的心，受苦难，磨练，
仿佛是大地的一块，让铁蹄蹂践，
仿佛是你们的一滴血，遗在你们后面。

没有眼泪没有语言的等待：
生和死那么紧地相贴相挨，
而在两者间，欣长的岁月在那里挤，
结伴儿走路，好像难兄难弟。

冢地只两步远近，我知道

安然占六尺黄土，盖六尺青草；

可是这儿也没有什么大不同，

在这阴湿，窒息的窄笼：

做白虱的巢穴，做泔脚缸，

让脚气慢慢延伸到小腹上，

做柔道的呆对手，剑术的靶子，

从口鼻一齐喝水，然后给踩肚子，

膝头压在尖钉上，砖头垫在脚踵上，

听鞭子在皮骨上舞，做飞机在梁上荡……

多少人从此就没有回来，

然而活着的却耐心地等待。

让我在这里等待，

耐心地等你们回来，

做你们的耳目，我曾经生活，

做你们的心，我永远不屈服。

一九四四年一月十八日

过旧居（初稿）

静掩的窗子隔住尘封的幸福，
寂寞的温暖饱和着辽远的炊烟——
陌生的声音还是解冻的呼唤？……
挹泪的过客在往昔生活了一瞬间。

一九四四年三月二日

断章

四月蒂带来崭新的叶子给老树，
给我的只是年岁的挂虑，
海啊，一片白帆飘去！

萧红墓畔口占

走六小时寂寞的长途，
到你头边放一束红山茶，
我等待着，长夜漫漫，
你却卧听着海涛闲话。

一九四四年十一月二十日

偶成

如果生命的春天重到，
古旧的凝冰都哗哗地解冻，
那时我会再看见灿烂的微笑，
再听见明朗的呼唤——这些迢遥的梦。

这些好东西都决不会消失，
因为一切好东西都永远存在，
它们只是像冰一样凝结，
而有一天会像花一样重开。

一九四五年五月三十一日

无题

我和世界之间是墙，

墙和我之间是灯，

灯和我之间是书，

书和我之间是——隔膜！

下　篇
／
译　诗　选

良心

雨果

携带着他的披着兽皮的儿孙，
苍颜乱发，在狂风暴雨中奔行，
该隐从上帝耶和华前面奔逃，
当黑夜来时，这哀愁的人来到
山麓边，在那一片浩漫的平芜；
他疲乏的妻子和喘息的儿孙说：
"我们现在且躺在地上做回梦。"
唯有该隐却睡不着，在山边想重重。
猛然间抬头，在凄戚的长天底，
他看见只眼睛，张大在幽暗里，
这眼睛在黑暗之中钉住看他。
"太近了"，他震颤着说了这句话。
推醒入睡的儿孙，疲倦的女人，
他又仓惶地重在大地上奔行。
他走了三十夜，他走了三十天，
他奔走着，战栗着，苍白又无言，

偷偷摸摸，没有回顾，没有留停！

没有休息，又没有睡眠。他行近

那从亚述始有的国土的海滨，

　"停下吧，"他说，"这个地方可安身，

留在此地。我们到了大地尽头。"

但他一坐下，就在凄戚的天陬，

看见眼睛在原处，在天涯深处。

他就跳了起来，他惊战个不住，

　"藏过我！"他喊着，于是他的儿孙，

掩唇不语，看那愁苦的祖先颤震。

该隐吩咐雅八——那在毡幕下面，

广漠间，生活着的人们的祖先，

说道："把那帐篷靠着这面张。"

他就张开了那一面飘摇的围墙，

当人们用了重铅锤把它压着，

　"你不看见了吗？"棕发的洗拉说，

（他的子孙的媳妇，柔美若黎明。）

该隐回答说："我还看见这眼睛！"

犹八——那个飘游巡逡在村落间

吹号角敲大鼓的人们的祖先，

高声喊道："让我来造一重栅栏。"

他造了铜墙，让该隐在里面耽。

该隐说："这个眼睛老是望着我！"

以诺说："该造个环堡，坚固嵯峨，

使得随便什么人都不敢近来，

让我们来造一座高城和坚寨

让我们造一座高城，将它紧掩。"

于是土八该隐，铁匠们的祖先

就筑了一座崔巍非凡的城池，

他的弟兄，在平原，当他工作时，

驱逐以挪士和赛特的儿孙；

他们又去挖去了过路人的眼睛；

而晚间，他们飞箭射那星光，

岩石代替了帐篷的飘摇的墙。

他们用铁钩把大石块连并，

于是这座城便像是座地狱城；

城楼的影子造成了四乡的夜幕，

他们将城垣造得有山的厚度，

城门上铭刻着：禁止上帝进来。

当他们终于建筑完了这城砦，

将该隐在中央石护楼中供奉。

他便在里面愁苦。"啊，我的公公！

看不见眼睛吗？”洗拉战栗着说，

该隐却回答道："不，它老是在看。"

于是他又说："我愿意住在地底，

像一个孤独的人住在他墓里，

没有东西见我，我也不见东西。"

他们掘了个坑，该隐说："合我意！"

然后独自走到这幽暗的土茔，

当他在幽暗里刚在椅上坐稳，

他们在他头上铺上泥土层层，

眼睛已进了坟墓，注视着该隐。

信天翁

波德莱尔

时常地，为了戏耍，船上的人员
捕捉信天翁，那种海上的巨禽——
这些无挂碍的旅伴，追随海船，
跟着它在苦涩的漩涡上航行。

当他们把它们一放到船板上，
这些青天的王者，羞耻而笨拙，
就可怜地垂倒在他们的身旁
它们洁白的巨翼，像一双桨棹。

这插翅的旅客，多么呆拙委颓！
往时那么美丽，而今丑陋滑稽！
这个人用烟斗戏弄它的尖嘴，
那个人学这飞翔的残废者拐躄！

诗人恰似天云之间的王君，

它出入风波间又笑傲弓弩手；
一旦堕落在尘世，笑骂尽由人，
它巨人般的翼翅妨碍它行走。

高举

波德莱尔

在池塘的上面，在溪谷的上面，
临驾于高山，树林，天云和海洋，
超越过灏气，超越过太阳，
超越过那缀星的天球的界限。

我的心灵啊，你在敏捷地飞翔，
恰如善泳的人沉迷在波浪中，
你欣然犁着深深的广袤无穷，
怀着雄赳赳的狂欢，难以言讲。

远远地从这疾病的瘴气飞脱，
到崇高的大气中去把你洗净，
像一种清醇神明的美酒，你饮
滂渤弥漫在空间的光明的火。

那烦郁和无边的忧伤的沉重
沉甸甸压住笼着雾霭的人世，

幸福的唯有能够高举起健翅，
从它们后面飞向明朗的天空！

幸福的唯有思想如云雀悠闲，
在早晨冲飞到长空，没有挂碍，
——翱翔在人世之上，轻易地了解
那花枝和无言的万物的语言！

应和

波德莱尔

自然是一庙堂，那里活的柱石
不时地传出模糊隐约的语音……
人穿过象征的林从那里经行，
树林望着他，投以熟稔的凝视。

正如悠长的回声遥遥地合并，
归入一个幽黑而渊深的和谐——
广大有如光明，浩漫有如黑夜——
香味，颜色和声音都互相呼应。

有的香味新鲜如儿童的肌肤，
柔和有如洞箫，翠绿有如草场，
——别的香味呢，腐烂，轩昂而丰富。

具有着无极限的品物底扩张，
如琥珀香、麝香、安息香、篆烟香，
那样歌唱性灵和官感的欢狂。

人和海

波德莱尔

无羁束的人，你将永远爱海洋！
海是你的镜子；你照鉴着灵魂
在它的波浪的无穷尽的奔腾，
而你心灵是深渊，苦涩也相仿。

你喜欢汩没到你影子的心胸；
你用眼和臂拥抱它，而你的心
有时以它自己的烦嚣来遣兴，
在难驯而粗犷的呻吟声中。

你们一般都是阴森和无牵羁：
人啊，无人测过你深渊的深量；
海啊，无人知道你内蕴的富藏，
你们都争相保持你们的秘密！

然而无尽数世纪以来到此际，
你们无情又无悔地相互争强，

你们那么地爱好杀戮和死亡，

哦永恒的斗士，哦深仇的兄弟！

美

波德莱尔

哦，世人！我美丽有如石头的梦，
我的使每个人轮流斫丧的胸
生来使诗人感兴起一种无穷
而缄默的爱情，正和元素相同。

如难解的斯芬克斯，我御碧霄：
我将雪的心融于天鹅的皓皓；
我憎恶动势，因为它移动线条，
我永远也不哭，我永远也不笑。

诗人们，在我伟大的姿态之前
（我似乎仿之于最高傲的故迹）
将把岁月消磨于庄严的钻研；

因为要叫驯服的情郎们眩迷，
我有着使万象更美丽的纯镜：
我的眼睛，我光明不灭的眼睛！

异国的芬芳

波德莱尔

秋天暖和的晚间，当我闭了眼
呼吸着你炙热的胸膛的香味，
我就看见展开了幸福的海湄，
炫照着一片单调太阳的火焰；

一个闲懒的岛，那里"自然"产生
奇异的树和甘美可口的果子；
产生身体苗条壮健的小伙子，
和眼睛坦白叫人惊异的女人。

被你的香领向那些迷人的地方，
我看见一个港，满是风帆桅樯，
都还显着大海的风波的劳色，

同时那绿色的罗望子的芬芳——
在空中浮动又在我鼻孔充塞，
在我心灵中和入水手的歌唱。

赠你这几行诗

波德莱尔

赠你这几行诗，为了我的姓名
如果侥幸传到那辽远的后代，
一晚叫世人的头脑做起梦来，
有如船儿给大北风顺势推行，

像缥缈的传说一样，你的追忆，
正如那铜弦琴，叫读书人烦厌，
由于一种有爱而神秘的锁链
依存于我高傲的韵，有如悬系；

受咒诅的人，从深渊直到天顶，
除我以外，什么也对你不回应！
——哦，你啊，像一个影子，踪迹飘忽，

你用轻盈的脚和澄澈的凝视
践踏批评你苦涩的尘世蠢物，
黑玉眼的雕像，铜额的大天使！

黄昏的和谐

波德莱尔

现在时候到了，在茎上震颤颤，
每朵花氤氲浮动，像一炉香篆；
音和香味在黄昏的空中回转；
忧郁的圆舞曲和懒散的昏眩。

每朵花氤氲浮动，像一炉香篆；
提琴颤动，恰似心儿受了伤残；
忧郁的圆舞曲和懒散的昏眩！
天悲哀而美丽，像一个大祭坛。

提琴颤动，恰似心儿受了伤残，
一颗柔心，它恨虚无的黑漫漫！
天悲哀而美丽，像一个大祭坛；
太阳在它自己的凝血中沉湮……

一颗柔心（它恨虚无的黑漫漫）
收拾起光辉昔日的全部余残！

太阳在它自己的凝血中沉湮……

我心头你的记忆"发光"般明灿！

秋歌

波德莱尔

一

不久我们将沉入寒冷的幽暗，
再会，我们太短的夏日的辉煌！
我已经听到，带着阴森的震撼，
薪木在庭院的石上声声应响。

整个冬日将回到我心头：愤怒，
憎恨，战栗，恐怖，和强迫的劳苦，
正如太阳做北极地狱的囚徒，
我的心将是红冷的一块顽物。

我战栗着听块块坠下的柴木；
筑邢架也没有更沉着的回响。
我心灵好似个堡垒，终于屈服，
受了沉重不倦的撞角的击撞。

为这单调的震撼所摇，我好像

什么地方有人匆忙把棺材钉……
给谁？——昨天是夏；今天秋已临降！
这神秘的声响好像催促登程。

二

我爱你长晴碧辉，温柔的美人，
可是我今朝觉得事事尽堪伤，
你的爱情和妆室，和炉火温存，
看来都不及海上辉煌的太阳。

然而爱我，温柔的心！做个慈母，
纵然是对刁儿，纵然是对逆子；
恋人或妹妹，请你做光耀的秋
或残阳的温柔，由它短暂如此。

短工作！坟墓在等；它贪心无厌！
啊！容我把我的头靠在你膝上，
怅惜着那酷热的白色的夏天，
去尝味那残秋的温柔的黄光。

枭鸟

波德莱尔

上有黑水松做遮障，
枭鸟们并排地栖止，
好像是奇异的神祇，
红眼射光。它们默想。

它们站着一动不动
一直到忧郁的时光；
到时候，推开了斜阳，
黑暗将把江山一统。

它们的态度教智者
在世上应畏如蛇蝎：
那芸芸众生和活动；

对过影醉心的人类
永远地要受罚深重——
为了他曾想换地位。

音乐

波德莱尔

音乐时常飘我去，如在大海中！
向我苍白的星
在浓雾荫下或在浩漫的太空，
我扬帆望前进；

胸膛向前挺，又鼓起我的两肺，
好像张满布帆，
我攀登重波积浪的高高的背——
黑夜里分辨难。

我感到苦难的船的一切热情
在我心头震颤；
顺风，暴风和临着巨涡的时辰，

它起来的痉挛
摇抚我。——有时，波平有如大明镜，
照我绝望孤影！

快乐的死者

波德莱尔

在一片沃土中，那里满是蜗牛，
我要亲自动手掘一个深坑洞，
容我悠闲地摊开我的老骨头，
而睡在遗忘里，如鲨鱼在水中。

我恨那些遗嘱，又恨那些坟墓；
与其求世人把一滴眼泪抛撒，
我宁愿在生时邀请那些饥鸟
来啄我的贱体，让周身都流血。

虫豸啊！无耳目的黑色同伴人，
看自在快乐的死者来陪你们；
会享乐的哲学家，腐烂的儿子。

请毫不懊悔地穿过我臭皮囊，
向我说，对于这没灵魂的陈尸，
死在死者间，还有甚酷刑难当！

裂钟

波德莱尔

又苦又甜的是在冬天的夜里，
对着闪烁又冒烟的炉火融融，
听辽远的记忆慢腾腾地升起，
应着在雾中歌唱的和鸣的钟。

幸福的是那口大钟，嗓子洪亮，
它虽然年老，却矍铄而又遒劲，
虔信地把它宗教的呼声高放，
正如那在营帐下守夜的老兵。

我呢，灵魂开了裂，而当它烦闷
想把夜的寒气布满它的歌声，
它的嗓子就往往会低沉衰软，

像被遗忘的伤者的沉沉残喘——
他在血湖边，在大堆死尸下底，
一动也不动，在大努力中垂毙。

烦闷（一）

波德莱尔

我记忆无尽，好像活了一千岁，

抽屉装得满鼓鼓的一口大柜——
内有清单，诗稿，情书，诉状，曲词，
和卷在收据里的沉重的发丝——
藏着秘密比我可怜的脑还少。

那是一个金字塔，一个大地窖，
收容的死者多得义冢都难比。
我是一片月亮所憎厌的墓地，
那里，有如憾恨，爬着长长的虫，
老是向我最亲密的死者猛攻。

我是旧妆室，充满了凋谢蔷薇，
一大堆过时的时装狼藉纷披，
只有悲哀的粉画，苍白的蒲遂
呼吸着开塞的香水瓶的香味。

当阴郁的不闻问的果实烦厌，
在雪岁沉重的六出飞花下面，
拉得像永恒不朽一般的模样，
什么都比不上跛脚的日子长。

从今后，活的物质啊，你只是
围在可怕的波浪中的花岗石，
瞌睡在笼雾的撒哈拉的深处；
是老斯芬克斯，浮世不加关注，
被遗忘在地图上——阴郁的心怀
只向着落日的光辉清歌一快！

烦闷（二）

波德莱尔

当沉重的低天像一个盖子般
压在困于长闷的呻吟的心上
当他围抱着天涯的整个周圈
向我们泻下比夜更愁的黑光；

当大地已变成了潮湿的土牢——
在那里，那"愿望"像一只蝙蝠般，
用它畏怯的翅去把墙壁打敲；
又用头撞着那朽腐的天花板；

当雨水铺排着它无尽的丝条
把一个大牢狱的铁栅来模仿，
当一大群沉默的丑蜘蛛来到
我们的脑子底里布它们的网，

那些大钟突然暴怒地跳起来，
向高天放出一片可怕的长嚎，

正如一些无家的飘零的灵怪，
开始顽强固执地呻吟而叫号。

——而长列的棺材，无鼓也无音乐，
慢慢地在我灵魂中游行；"希望"
屈服了，哭着：残酷专制的"苦恼"
把它的黑旗插在我垂头之上。

风景

波德莱尔

为要纯洁地写我的牧歌，我愿
躺在天旁边，像占星家们一般，
和那些钟楼为邻，梦沉沉谛听
它们为风飘去的庄严颂歌声。
两手托腮，在我最高的楼顶上，
我将看见那歌吟呓语的工场；
烟囱，钟楼，都会的这些桅樯，
和使人梦想永恒的无边昊苍。

温柔的是隔着那些雾霭望见
星星生自碧空，灯火生自窗间，
烟煤的江河高高地升到苍穹，
月亮倾泻出它的苍白的迷梦。
我将看见春天，夏天和秋天，
而当单调白雪的冬来到眼前，
我就要到处关上窗扉，关上门，

在黑暗中建筑我仙境的宫廷。

那时我将梦到微青色的天边，
花园，在纯白之中泣诉的喷泉，
亲吻，鸟儿（它们从早到晚地啼）
和田园诗所有最稚气的一切。
乱民徒然在我窗前兴波无休，
不会叫我从小桌抬起我的头；
因为我将要沉湎于逸乐狂欢，
可以随心任意地召唤回春天，
可以从我心头取出一片太阳，
又造成温雾，用我炙热的思想。

盲人们

波德莱尔

看他们，我的灵魂；他们真丑陋！
像木头人儿一样，微茫地滑稽；
像梦游病人一样地可怕，奇异，
不知向何处瞪着无光的眼球。

他们的眼（神明的火花已全消）
好似望着远处似的，抬向着天；
人们永远不看见他们向地面
梦想般把他们沉重的头抬倒。

他们这样地穿越无限的暗黑——
这永恒的寂静的兄弟。哦，都会！
当你在我们周遭笑，狂叫，唱歌

竟至于残暴，尽在欢乐中沉醉，
你看我也征途仆仆，但更麻痹，
我说："这些盲人在天上找什么？"

我没有忘记

波德莱尔

我没有忘记，离城市不多远近，
我们的白色家屋，虽小却恬静；
它石膏的果神和老旧的爱神
在小树丛里藏着她们的赤身；
还有那太阳，在傍晚，晶莹华艳，
在折断它的光芒的玻璃窗前，
仿佛在好奇的天上睁目不闪，
凝望着我们悠长静默的进膳，
把它巨蜡般美丽的反照广布
在朴素的台布和哔叽的帘幕。

赤心的女仆

波德莱尔

那赤心的女仆，当年你妒忌她，
现在她睡眠在卑微的草地下，
我们也应该带几朵花去供奉。
死者，可怜的死者，都有大苦痛；
当十月这老树的伐枝人嘘吹
它的悲风，围绕着他们的墓碑，
他们一定觉得活人真没良心，
那么安睡着，暖暖地拥着棉衾，
他们却被黑暗的梦想所煎熬，
既没有共枕人，也没有闲说笑，
老骨头冰冻，给虫豸蛀到骨髓，
他们感觉冬天的雪在渗干水，
感觉世纪在消逝，又无友无家
去换挂在他们墓栏上的残花。

假如炉薪啸歌的时候，在晚间，

我看见她坐到圈椅上，很安闲，
假如在十二月的青色的寒宵，
我发现她蜷缩在房间的一角，
神情严肃，从她永恒的床出来，
用慈眼贪看着她长大的小孩；
看见她凹陷的眼睛坠泪滚滚，
我怎样来回答这虔诚的灵魂？

穷人们的死亡

波德莱尔

这是"死"，给人安慰，哎！使人生活
这是生之目的，这是唯一希望——
像琼浆一样，使我们沉醉，振作；
使我们有勇气一直走到晚上；

透过飞雪，凝霜，和那暴风雨，
这是我们黑天涯的颤颤光明；
这是记在簿录上的著名逆旅，
那里可以坐坐，吃吃，又睡一顿；

这是一位天使，在磁力的指间，
握着出神的梦之赐予和睡眠，
又替赤裸的穷人把床来重铺；

这是神祇的光荣，是神秘的仓。
是穷人的钱囊和他的老家乡，
是通到那陌生的天庭的廊庑！

入定

波德莱尔

乖一点，我的沉哀，你得更安静，
你吵着要黄昏，它来啦，你瞧瞧：
一片幽暗的大气笼罩住全城，
与此带来宁谧，与彼带来烦恼。

当那凡人们的卑贱庸俗之群，
受着无情刽子手"逸乐"的鞭打，
要到奴性的欢庆中采撷悔恨，
沉哀啊，伸手给我，朝这边来吧，

避开他们。你看那逝去的年光，
穿着过时衣衫，凭着天的画廊，
看那微笑的怅恨从水底浮露，

看睡在涵洞下的垂死的太阳，
我的爱，再听温柔的夜在走路，
就好像一条长殓布曳向东方。

秋歌

魏尔伦

清秋时节，
凄凄咽咽，
琴韵声长；
余音袅袅，
颓唐单调，
总断人肠。

仅存残息，
惊心变色：
一觉钟鸣；
当年旧事，
几番凝思，
涕泪零零。

蓦然出户，
迎风信步，

一任吹摇，
却如败叶，
萧萧屑屑，
东荡西飘。

瓦上长天

魏尔伦

瓦上长天
柔复青！
瓦上高树
摇娉婷。

天上鸣铃
幽复清。
树间小鸟
啼怨声。

帝啊，上界生涯
温复淳。
低城飘下
太平音。

——你来何事

泪飘零，

如何消尽

好青春？

泪珠飘落萦心曲

魏尔伦

泪珠飘落萦心曲，
迷茫如雨蒙华屋；
何事又离愁，
凝思悠复悠。

霏霏窗外雨；
滴滴淋街宇；
似为我忧心，
低吟凄楚声。

泪珠飘落知何以？
忧思宛转凝胸际：
嫌厌未曾栽，
心烦无故来。

沉沉多怨虑，

不识愁何处；

无爱亦无憎，

微心争不宁？

发

果尔蒙

西茉纳，有个大神秘
在你头发的林里。

你吐着干刍的香味，你吐着野兽
睡过的石头的香味；
你吐着熟皮的香味，你吐着刚簸过的
小麦的香味；
你吐着木材的香味，你吐着早晨送来的
面包的香味；
你吐着沿荒垣
开着花的香味；
你吐着黑莓的香味，你吐着被雨洗过的
长春藤的香味；
你吐着黄昏间割下的
灯心草和薇蕨的香味；
你吐着冬青的香味，你吐着藓苔的香味，

你吐着在篱阴结了种子的

衰黄的野草的香味；

你吐着荨麻如金雀花的香味，

你吐着苜蓿的香味，你吐着牛乳的香味；

你吐着茴香的香味；

你吐着胡桃的香味，你吐着熟透而采下的

果子的香味；

你吐着花繁叶满时的

柳树和菩堤树的香味；

你吐着蜜的香味，你吐着徘徊在牧场中的

生命的香味；

你吐着泥土与河的香味；

你吐着爱的香味，你吐着火的香味。

西茉纳，有个大神秘

在你头发的林里。

死叶

果尔蒙

西茉纳，到林中去吧：树叶已飘落了；
它们铺着苍苔、石头和小径。

西茉纳，你爱死叶上的步履声吗？

它们有如此柔美的颜色，如此沉着的调子，
它们在地上是如此脆弱的残片！

西茉纳，你爱死叶上的步履声吗？

它们在黄昏时有如此哀伤的神色，
当风来飘转它们时，它们如此婉转地哀鸣！

西茉纳，你爱死叶上的步履声吗？

当脚步蹂躏着它们时，它们像灵魂一样地啼哭，
它们做出振翼声和妇人衣裳的窣缫声。

西茉纳，你爱死叶上的步履声吗？

来啊：我们一朝将成为可怜的死叶，

来啊：夜已降下，而风已将我们带去了。

西茉纳，你爱死叶上的步履声吗？

园子

果尔蒙

西茉纳，八月的园子
是芬芳、丰满而温柔的：
它有芜菁和莱菔，
茄子和甜萝卜，
而在那些惨白的生菜间，
还有那病人吃的莴苣；
再远些，那是一片白菜，
我们的园子是丰满而温柔的。

豌豆沿着攀竿爬上去，
那些攀竿正象那些
穿着饰红花的绿衫子的少妇一样。
这里是蚕豆，
这里是从耶路撒冷来的葫芦。
胡葱一时都抽出来了，
又用一顶王冕装饰着自己，

我们的园子是丰满而温柔的。

周身披着花边的天门冬
结熟了它们的珊瑚的种子；
那些链花，虔诚的贞女，
已用它们的棚架做了一个花玻璃大窗，
而那些无思无虑的南瓜
在好太阳中鼓起了它们的颊；
人们闻到百里香和茴香的气味，
我们的园子是丰满和温柔的。

我爱那如此温柔的驴子

耶麦

我爱那如此温柔的驴子，
它沿着冬青树走着。

它提防着蜜蜂
又摇动它的耳朵；

它还载着穷人们
和满装着燕麦的袋子。

它跨着小小的快步
走近那沟渠。

我的恋人以为它愚蠢，
因为它是诗人。

它老是思索着。
它的眼睛是天鹅绒的。

温柔的少女啊，
你没有它的温柔；

因为它是在上帝面前的，
这青天的温柔的驴子。

而它住在牲口房里，
忍耐又可怜，

把它的可怜的小脚
走得累极了。

它已尽了它的职务
从清晨到晚上。

少女啊，你做了些什么？
你已缝过你的衣衫……

可是驴子却伤了，
因为虻蝇螫了它。

它竭力地操作过
使你们看了可怜。

小姑娘，你吃过什么了？
——你吃过樱桃吧。

驴子却燕麦都没得吃，
因为主人太穷了。

它吮着绳子，
然后在幽暗中睡了⋯⋯

你的心儿的绳子
没有那样甜美。

它是如此温柔的驴子，
它沿着冬青树走着。

我有"长恨"的心：
这两个字会得你的欢心。

对我说吧，我的爱人，
我还是哭呢，还是笑？

去找那衰老的驴子，
向它说：我的灵魂

是在那些大道上的，

正和它清晨在大道上一样。

去问它，爱人啊，

我还是哭呢，还是笑？

我怕它不能回答：

它将在幽暗中走着，

充满了温柔，

在披花的路上。

为带驴子上天堂而祈祷

耶麦

在应该到你那儿去的时候，天主啊，
请使那一天是欢庆的田野扬尘的日子吧。
我愿意，正如我在这尘世上一般，
选择一条路走，如我的意愿，
到那在白昼也布满星星的天堂。
我将走大路，携带着我的手杖，
于是我将对我的朋友驴子们说端详：
我是法朗西思·耶麦，现在上天堂，
因为好天主的乡土中，地狱可没有。
我将对它们说：来，青天的温柔的朋友，
你们这些突然晃着耳朵去赶走
马蝇，鞭策蜜蜂的可怜的亲爱的牲口，
请让我来到你面前，围着这些牲口——
我那么爱它们，因为它们慢慢地低下头，
并且站住，一边把它们的小小的脚并齐，
样子是那么地温柔，会叫你怜惜。

我将来到，后面跟着它们的耳朵无数双，

跟着那些驴儿，在腰边驮着大筐，

跟着那些驴儿，拉着卖解人的车辆，

或是拉着大车，上面有毛帚和白铁满装，

跟着那些驴儿，背上驮着隆起的水囊，

跟着那些母驴，踏着小步子，大腹郎当，

跟着那些驴儿，穿上了小腿套一双双，

因为它们有青色的流脓水的伤创，

惹得固执的苍蝇聚在那里着了忙。

天主啊，让我和这些驴子同来见你，

叫天神们在和平之中将我们提携，

行向草木丛生的溪流，在那里，

颤动着樱桃，光滑如少女欢笑的肤肌，

而当我在那个灵魂的寄寓的时候，

俯身临着你的神明的水流，

使我像那些对着永恒之爱的清渠

鉴照着自己卑微而温柔的寒伧的毛驴。

天要下雪了

——赠 Léopold Bauby

耶麦

天要下雪了，再过几天。我想起去年。
在火炉边我想起了我的烦忧。
假如有人问我："什么啊？"
我会说："不要管我罢。没有什么。"

我深深地想过，在去年，在我的房中，
那时外面下着沉重的雪。
我是无事闲想着。现在，正如当时一样
我抽着一支琥珀柄的木烟斗。

我的橡木的老伴侣老是芬芳的。
可是我却愚蠢，因为许多事情都不能变换，
而想要赶开了那些我们知道的事情
也只是一种空架子罢了。

我们为什么想着谈着？这真奇怪；

我们的眼泪和我们的接吻，它们是不谈的，
然而我们却了解它们，
而朋友的步履是比温柔的言语更温柔。

人们将星儿取了名字，
也不想想它们是用不到名字的，
而证明在暗中将飞过的美丽彗星的数目，
是不会强迫它们飞过的。

现在，我去年老旧的烦忧是在哪里？
我难得想起它们。
我会说：“不要管我罢，没有什么。”
假使有人到我房里来问我：“什么啊？”

消失的酒

保尔·瓦雷里

有一天，我在大海中，
（我忘了在天的何方，）
洒了一点美酒佳酿，
作奠祭虚无的清供……

美酒啊，谁愿你消亡？
我或许听了战士说？
或许顺我心的挂虑，
心想血液，手酹酒浆？

大海平素的清澄
起了蔷薇色的烟尘
又恢复了它的纯净……

美酒的消失，波浪酩酊！……
我看见苦涩的风中
奔腾着最深的姿容……

蜜蜂

保尔·瓦雷里

不论你的刺，金黄的蜜蜂，
是多么地毒，是多么地尖，
在我们温柔的花篮上面，
我只撒了一个花边的梦。

刺一下乳房的美丽的瓢，
那上面爱神死灭或睡眠，
让鲜红的我自己的一点，
渗到顽强的圆肉的皮表！

我需要一个爽快的苦恼，
一个剧烈而速完的疼痛
是比睡沉沉的苦刑更好！

但愿我的感觉辉煌明炯，
受过剧痛的金色的警告，
否则爱神便死灭或睡觉。

回旋舞

保尔·福尔

假如全世界的少女都肯携起手来，她们可以在大海周围跳一个回旋舞。

假如全世界的男孩都肯做水手，他们可以用他们的船在水上造成一座美丽的桥。

那时人们便可以绕着全世界跳一个回旋舞，假如全世界的男孩都肯携起手来。

我有几朵小青花

保尔·福尔

我有几朵小青花，我有几朵比你的眼睛更灿烂的小青花。——给我吧！——她们是属于我的，她们是不属于任何人的。在山顶上，爱人啊，在山顶上。

我有几粒红水晶，我有几粒比你嘴唇更鲜艳的红水晶。——给我吧！——她们是属于我的，她们是不属于任何人的。在我家里炉灰底下，爱人啊。在我家里炉灰底下。

我已找到一颗心，我已找到了两颗心，我已找到了一千颗心。——让我看！——我已找到了爱情，她是属于大家的。在路上到处都有，爱人啊，在路上到处都有。

晚歌

保尔·福尔

森林的风要我怎样啊，在夜间摇着树叶？

森林的风要我们什么啊，在我们家里惊动着火焰？

森林的风寻找着什么啊，敲着窗儿又走开去？

森林的风看见了什么啊，要这样地惊呼起来？

我有什么得罪了森林的风啊，偏要裂碎我的心？

森林的风是我的什么啊，要我流了这样多的眼泪？

密拉波桥

阿波里奈尔

密拉波桥下赛纳水长流
柔情蜜意
寸心还应忆否
多少欢乐事总在悲哀后

钟声其响夜其来
日月逝矣人长在

手携着手儿面面频相向
交臂如桥
却向桥头一望
逝去了无限凝眉底倦浪

钟声其响夜其来
日月逝矣人长在

恋人长逝去如流波浩荡

恋情长逝

何人世之悠长

何希望翼愿如斯之奔放

钟声其响夜其来

日月逝矣人长在

时日去悠悠岁月去悠悠

旧情往日

都一去不可留

密拉波桥下赛纳水长流

钟声其响夜其来

日月逝矣人长在

莱茵河秋日谣曲

阿波里奈尔

死者底孩子们

到墓园里去游戏

马丁·葛忒吕德·汉斯和昂利

今天没有一只雄鸡唱过

喔喔喔

那些老妇们

啼哭着在路上走

而那些好驴子

欧欧地鸣着而开始咬嚼

奠祭花圈上的花

而这是死者和他们一切灵魂的日子

孩子们和老妇们

点起了小蜡烛和大蜡烛

在每一个天主教徒的墓上

老妇们的面幕

天上的云

都像是母山羊的须

空气因火焰和祈祷而战栗着

墓园是一个美丽的花园

满是灰色柳树和迷迭香

你往往碰到一些给人抬来葬的朋友们

啊！你们在这美丽的墓园里多么舒服

你们，喝啤酒醉死的乞丐们

你们，像定命一样的盲人们

和你们，在祈祷中死去的小孩们

啊！你们在这美丽的墓园里多么舒服

你们，市长们，你们，船夫们

和你们，摄政参议官们

还有你们，没有护照的波希米人们

生命在你们的肚子里腐烂

十字架在我们两腿间生长

莱茵河的风和一切的枭鸟一起呼叫

它吹熄那些总是由孩子们重点旺的大蜡烛，

而那些死叶

前来遮盖那些死者

已死的孩子们有时和他们的母亲讲话

而已死的妇女们有时很想回来

哦！我不愿意你出来

秋天是充满了斩断的手

不是不是这是枯叶

这是亲爱的死者的手

这是你的斩断的手

我们今天已流了那么多的眼泪

和这些死者，他们的孩子们，和那些老妇们一起

在没有太阳的天下面

在满是火焰的墓园

然后我们在风中回去

在我们脚边栗子滚转着

那些栗球是

像圣母底受伤的心

我们不知道她的皮肤

是否颜色像秋天的栗子

生活

苏佩维艾尔

为了把脚践踏在
夜的心坎儿上，
我是一个落在
缀星的网中的人。

我不知道世人，
所熟稔的安息，
就是我的睡眠
也被天所吞噬了。

我的岁月底袒裸啊，
人们已将你钉上十字架；
森林的鸟儿们
在微温的空气中，冻僵了。

啊！你们从树上坠了下来。

心脏

——赠比拉尔

苏佩维艾尔

这做我的寄客的心，

它不知道我的名字，

除了生野的地带，

我的什么它都不知道。

血做的高原，

受禁的山岳，

怎样征服你们呢，

如果不给你们死？

回到你们的源流去的

我的夜的河流，

没有鱼，但却

炙热而柔和的河，

怎样溯你们而上呢？

寥远的海滩之音，

我在你们周围徘徊

而不能登岸，

哦，我的土地的川流，

你们赶我到大海去，

而我却正就是你们。

而我也就是你们，

我的暴烈的海岸，

我的生命的波沫。

女子的美丽的脸儿，

被空间所围绕着的躯体，

你们怎样会

从这里到那里，

走进这个我无路可通

而对于我又日甚一日地

充耳不闻而反常的

岛中来的？

怎样会像踏进你家里一样

踏进那里去的？

怎样会懂得

这是取一本书

或关窗户的时候

而伸出手去的？

你们往往来来，

你们悠闲自在

好像你们是独自

在望着一个孩子的眼睛动移。

在肉的穹窿之下，

我的自以为旁无他人的心

像囚徒一样地骚动着，

想脱出它的樊笼。

如果我有一天能够

不用言语对它说

我在它生命周围形成一个圈子，

那就好了，

如果我能够从我张开的眼睛

使世界的外表

以及一切超过波浪和天宇，

头和眼睛的东西

都降到它里面去，

那就好了！

我难道不能至少

用一支细细的蜡烛

微微照亮它，

并把那在它里面，

在暗影中永不惊异地

生活着的人儿指给它看吗！

新生的女孩

——为安娜·玛丽而作

苏佩维艾尔

摆着推开云片的手势，
出得她的星辰，她终于触到大地。

墙壁很想仔细看一看这新生的女孩：
暗影中的一点儿干练的阳光已把她泄漏给它们。

那找寻着她的耳朵的城市之声
像一只暗黑的蜂似的想钻进去，

踌躇着，渐渐地受了惊恐，
然后离开了这还太接近自己的秘密的，

小小的整个儿暴露在那光耀，
盲目并因怀着预望而颤栗的空气的肉体。

她经过了一次闭着眼睛的长旅行，
在一个永远幽冥而无回声的国土中，

而其记忆是在她的坚握着的手里

（不要翻开她的手，让她有着她的思想。）

她想：

"这些凝视着的人们

是那么严肃而那么高大，

而他们的竖起的脸儿

竟像是高山一样。

我是一片湖吗，一条河吗，

我是一面魔镜吗?

他们为什么凝看着我?

我没有什么东西可以给他们。

让他们去吧，让他们到

他们的冷酷的眼睛的国土中去，

到那一点也不知道我什么的

他们的眉毛的国土中去。

在我闭着的眼皮下面，

我还有许多事啊。

我需得告别

那些记不清的颜色，

那几百万道的光，

以及那在另一面的
更多的黑暗。
我需得整顿一下
我就要抛开的
这全体的星星。
在一个无边的睡眠的深处
我应该赶快一点。"

当她睁开眼来的时候，他们给了她一颗树
以及它的生枝叶的世界，他们给了她大海
以及它的天的满意。
接着她又睡过去把一切都带走。

这在自己的堡中的襁褓中的婴孩，
你们借那从小窗孔漏进来的阳光望着她吧。
她的嘴唇还不懂得言语的味，
而她的目光是徘徊在平滑的波浪上，
像鸟儿一样地在找寻运气。

这些白色的东西，这片浪花，这有什么意义呢？
什么巨大的刀曾把那些波浪雕过呢？

可是我们可以说，一只船开过来，

而十二个潜水人，为一种突然的沉醉所袭，

从甲板上跳到水里去。

哦，我的泅水人啊，一个女孩子在看着你们，

浪花闪着光，还有它的螺钿色的符号，

无记忆的白色的古怪的字母，

她固执着要辨解它们，

可是水却老是把全部历史搅乱。

时间的群马

苏佩维艾尔

当时间的群马驻足在我门前的时候，
我总有点踌躇去看它们痛饮，
因为它们拿着我的鲜血去疗渴。
它们向我的脸儿转过感谢之眼，
同时它们的长脸儿使我周身软弱，
又使我这样地累，这样地孤单而恍惚，
因而一个短暂的夜便侵占了我的眼皮，
并使我不得不在心头重整精力，
等有一天这群渴马重来的时候，
我可以苟延残命并为它们解渴。

房中的晨曦

苏佩维艾尔

曦光前来触到一个在睡眠中的头,

它滑到额骨上,

而确信这正是昨天的那个人。

那些颜色,照着它们的久长的不作声的习惯,

踏着轻轻的步子,从窗户进来。

白色是从谛木尔来的,触过巴力斯丁,

而现在它在床上弯身而躺下,

而这另一个怅然离开了中国的颜色,

现在是在镜子里,

一靠近它

就把深度给了它。

另一个颜色走到衣橱边去,给它擦了一点黄色,

这一个颜色把安息在床上的

那个人的命运

又渲染上黑色。

于是知道这些的那个灵魂,

这老是在那躺着的躯体旁的不安的母亲：

"不幸并没有加在我们身上，

因为我的人世的躯体

是在半明半暗中呼吸着。

除了不要受苦难

和灵魂受到闭门羹

而无家可归以外，

便没有更大的苦痛了。

有一天我会没有了这个在我身边的大躯体；

我很喜欢推测那在床巾下面的他的形体，

那在他的难行的三角洲中流着的我的朋友的血

以及那只有时

在什么梦下面

稍微动一动

而在这躯体和它的灵魂中

不留一点痕迹的手。

可是他是睡着，我们不要想吧，免得惊醒他，

这并不是很难的

只要注意就够了，

让人们不听见我，像那生长着的枝叶

和青草地上的蔷薇一样。"

等那夜

苏佩维艾尔

等那夜，那总可以由于它的那种风所吹不到

而世人的不幸却达得到的极高的高度

而辨认出来的夜，

来燃起它的亲切而颤栗的火，

而无声无息地把它的那些渔舟，

它的那些被天穿了孔的船灯，

它的那些缀星的网，放在我们扩大了的灵魂里，

等它靠了无数回光和秘密的动作

在我们的心头找到了它的亲信，

并等它把我们引到它的皮毛的手边，

我们这些受着白昼

以及太阳光的虐待，

而被那比熟人家里的稳稳的床更稳的

粗松而透澈的夜所收拾了去的迷失的孩子们，

这是陪伴我们的喃喃微语着的蔽身之处，

这是有那已经开始偏向一边

开始在我们心头缀着星，
开始找到自己的路的头搁在这里的卧榻。

肖像

苏佩维艾尔

母亲，我很不明白人们是如何找寻那些死者的，
我迷途在我的灵魂，它的那些险阻的脸儿，
它的那些荆刺以及它的那些目光之间。
帮助我从那些眩目惊心的嘴唇所憧憬的
我的界域中回来吧，
帮助我寂然不动吧，
那许多动作隔离着我们，许多残暴的猎犬！
让我俯就那你的沉默所形成的泉流，
在你的灵魂所撼动的枝叶的一片反照中。
啊！在你的照片上，
我甚至看不出你的目光是向哪一面飘的。
然而我们，你的肖像和我自己，却走在一起，
那么地不能分开
以致在除了我们便无人经过的
这个隐秘的地方
我们的步伐是类似的，

我们奇灵妙地攀登山岗和山峦。

而在那些斜坡上像无手的受伤者一样地游戏。

一支大蜡烛每夜流着，溅射到晨曦的脸上——

那每天从死者的沉重的床中间起来的，

半窒息的，

迟迟认不出自己的晨曦。

我的母亲，我严酷地对你说着话，

我严酷地对死者们说着话，因为我们应该

站在滑溜的屋顶上，

两手放在嘴的两边，并用一种发怒的音调

去压制住那想把我们生者和死者隔绝的

震耳欲聋的沉默，而对他们严酷地说话的。

我有着你的几件首饰，

好像是从河里流下来的冬日的断片，

在这有做着"不可能"的囚徒的新月

起身不成而一试再试的

溃灭的夜间，

在一只箱子底夜里闪耀着的这手钏便是你的。

这现在那么弱地是你的我，从前却那么强地是你，

而我们两人是那么牢地钉在一起，竟应该同死，
像是在那开始有盲目的鱼
有眩目的地平线的
大西洋的水底里互相妨碍洄水
互相蹴踢的两个半溺死的水手一样。

因为你曾是我，
我可以望着一个园子而不想别的东西，
可以在我的目光间选择一个，
可以去迎迓我自己。
或许现在在我的指甲间，
还留着你的一片指甲，
在我的睫毛间还屏着你的一根睫毛；
如果你的一个心跳混在我的心跳中，
我是会在这一些之间辨认出来
而我又会记住它的。

可是心灵平稳而十分谨慎地
斜睨着我的
这位我的二十八岁的亡母，
你的心还跳着吗？你已不需要心了，

你离开了我生活着，好像你是你自己的姊妹一样。

你穿着什么都弄不旧了的就是那件衫子，

它已很柔和地走进了永恒

而不时变着颜色，但是我是唯一要知道的。

黄铜的蝉，青铜的狮子，粘土的蝮蛇，

此地是什么都不生息的！

唯一要在周遭生活的

是我的欺谎的叹息。

这里，在我的手腕上的

是死者们底矿质的脉搏

便是人们把躯体移近

墓地的地层时就听到的那种。

心灵出去

比也尔·核佛尔第

多少部书！一座寺院，厚厚的墙是用书砌成的。

那边，在那我不知道怎样，我不知道从那儿进去的里面，我窒息着；天花板是灰色的，蒙了灰尘。一点声音都没有。

那一边多么伟大的思想都不再动了；它们睡着或是已经死了。在这悲哀的宫里，天气是那么地热，那么地阴郁！

我用我的指爪抓墙壁，于是一块一块地，我在右边的墙上挖了一个洞。

那是一扇窗，而那想把我眼睛弄瞎的太阳，不能阻止我向上面眺望。

那是街路，但是那座宫已不再在那儿了。我已经认识了别一些灰尘和别一些围着人行道的墙了。

自由

爱吕亚

在我的小学生的练习簿上
在我们书桌上和树上
在沙上在雪上
我写了你的名字

在一切读过的书页上
在一切空白的书页上
石头、血、纸或灰上
我写了你的名字

在金色的图像上
在战士的手臂上
在帝王的冠上
我写了你的名字

在林莽上和沙漠上
在鸟巢上和金雀枝上

在我童年的回声上
我写了你的名字

在夜间的奇迹上
在白昼的白面包上
在结亲的季节上
我写了你的名字

在我一切青天的破布上
在发霉的太阳池塘上
在活的月亮湖沿上
我写了你的名字

在田野上的天涯上
在鸟儿的翼翅上
和在阴影的风磨上
我写了你的名字

在每一阵晨曦上
在海上的船上
在发狂的大山上
我写了你的名字

在云的苔藓上

在暴风雨的汗上

在又厚又无味的雨上

我写了你的名字

在晶耀的形象上

在颜色的钟上

在物质的真理上

我写了你的名字

在觉醒的小径上

在展开的大路上

在满溢的广场上

我写了你的名字

在燃着的灯上

在熄灭的灯上

在我的集合的房屋上

我写了你的名字

在我的镜子和我的卧房的

一剖为二的果子上

在我的空贝壳床上

我写了你的名字

在我的贪食而温柔的狗上

在它的竖起的耳朵上

在它的笨拙的脚上

我写了你的名字

在我的门的跳板上

在熟稔的东西上

在祝福的火的波上

我写了你的名字

在应允的肉体上

在我的朋友们的前额上

在每只伸出来的手上

我写了你的名字

在出其不意的窗上

在留意的嘴唇上

高高在寂静的上面

我写了你的名字

在我的毁坏了的藏身处上

在我的崩坍的灯塔上

在我的烦闷的墙上

我写了你的名字

在没有愿望的别离上

在赤裸的孤寂上

在死亡的阶坡上

我写了你的名字

在恢复了的健康上

在消失了的冒险上

在没有记忆的希望上

我写了你的名字

于是由于一个字的力量

我从新开始我的生活

我是为了认识你

为了唤你的名字而成的

自由

公告

爱吕亚

他的死亡之前的一夜
是他一生中的最短的
他还生存着的这观念
使他的血在腕上炙热
他的躯体的重量使他作呕
他的力量使他呻吟
就在这嫌恶的深处
他开始微笑了
他没有"一个"同志
但却有几百万几百万
来替他复仇他知道
于是阳光为他升了起来

戒严

爱吕亚

有什么办法门是看守住了
有什么办法我们是给关住了
有什么办法路是拦住了
有什么办法城市是屈服了
有什么办法它是饥饿了
有什么办法我们是解除武装了
有什么办法夜是降下了
有什么办法我们是相爱着

致饥饿谣断章

若望·瓦尔

万物底内奥的酵母，

渴望和精神的盐，

树木中液汁的上升

和禽鸟中歌唱的元素，

幽森的神祇，光的母亲，

和乞丐、君王们的父亲，

我应该拨什么弦——最深沉的弦——

才可以说出你的原始的权能，

宇宙的饥饿，

和生物同质的饥馑——

从它那里撕出来，倾向着它的，

天的母狗，地狱的雌虎，

使物质变质的力，

我和着最低的弦和最高的弦歌唱你。

人

若望·瓦尔

无信仰，无法律，迷失在这孤寂的世界，
眼色阴郁，然而永不气馁，
这就是兽人，和豺狼相似，
但具有一种粗犷的亲切，
而有时有圣人的灵魂，
最奇异的兽。

海岸

沙里纳思

如果不是那

它在远方为自己创造的

纤弱的，洁白的水沫的蔷薇，

谁会来对我说

它动着胸膛呼吸，

它是生活着，

它内心有一片热情，

它需要整个世界，

这青色的，宁静的，七月的海？

猎人

洛尔迦

在松林上，
四只鸽子在空中飞翔。

四只鸽子
在盘旋，在飞翔。
掉下四只影子，
都受了伤。

在松林里，
四只鸽子躺在地上。

骑士歌

洛尔迦

哥尔多巴城，
辽远又孤零。

黑小马，大月亮，
鞍囊里还有青果。
我再也到不了哥尔多巴，
尽管我认得路。

穿过平原，穿过风，
黑小马，红月亮。
死在盼望我
从哥尔多巴的塔上。

啊！英勇的小马！
啊！漫漫的长路！
我还没到哥尔多巴，

啊，死亡已经在等我！

哥尔多巴城。

辽远又孤零。

冶游郎

洛尔迦

冶游郎，
小小的冶游郎。
你家里烧着百里香。

不用调笑，不用彷徨，
我已把门儿锁上。

用纯银的钥匙锁上。
把钥匙系在腰带上。

腰带上有铭文一行：
我的心儿在远方。

你别再到我街上散步。
一切都叫风吹过。

冶游郎，
小小的冶游郎。
你家里烧着百里香。

哑孩子

洛尔迦

孩子在找寻他的声音。
（把他带走的是蟋蟀的王。）

在一滴水中
孩子在找寻他的声音。

我不是要它来说话，
我要把它做个指环，
让我的缄默
戴在他纤小的指头上。

在一滴水中
孩子在找寻他的声音。

（被俘在远处的声音，
穿上了蟋蟀的衣裳。）

水呀你到哪儿去

洛尔迦

水呀你到哪儿去?
我顺着河流,
一路笑到海边去。

海呀你到哪里去?

我向上面的河流
找个地方歇脚去。

赤杨呀,你呢,你做什么?

我对你什么话也没有,
我呀……我颤抖!

我要什么,我不要什么,
问河去还是问海去 ?

(四只没有方向的鸟儿,
在高高的赤杨树上。)

两个水手在岸上

——寄华金·阿米戈

洛尔迦

一

他在心头养蓄

一条中国海里的鱼。

有时你看见它浮起

小小的，在他眼里。

他虽然是个水手，

却忘记了橙子和酒楼。

他对着水直瞅。

二

他有个肥皂的舌头，

洗掉他的话又闭了口。

大陆平坦，大海起伏，
千百颗星星和他的船舶。

他见过教皇的回廊，
古巴姑娘的金黄的乳房。

他对着水凝望。

村庄

洛尔迦

精光的山头
一片骷髅场。
绿水清又清
百年的橄榄树成行。
路上行人
都裹着大氅,
高楼顶上,
风旗旋转回往。
永远地
旋转回往。
啊,悲哀的安达路西亚
没落的村庄!

梦游人谣

洛尔迦

绿啊，我多么爱你这绿色。
绿的风，绿的树枝。
船在海上，
马在山中。
影子裹住她的腰，
她在露台上做梦。
绿的肌肉，绿的头发，
还有银子般沁凉的眼睛。
绿啊，我多么爱你这绿色。
在吉卜赛人的月亮下，
一切东西都看着她，
而她却看不见它们。

绿啊，我多么爱你这绿色，
繁星似的霜花
和那打开黎明之路的

黑暗的鱼一同来到。

无花果用砂皮似的树叶

磨擦着风，

山像野猫似的耸起了

它的激怒了的龙舌兰。

可是谁来了？从哪儿来的？

她徘徊在露台上，

绿的肌肉，绿的头发，

在梦见苦辛的大海。

——朋友，我想要

把我的马换你的屋子

把我的鞍辔换你的镜子，

把我的短刀换你的毛毯。

朋友，我是从喀勃拉港口

流血回来的。

——要是我办得到，年轻人，

这交易一准成功。

可是我已经不再是我，

我的屋子也不再是我的。

——朋友，我要善终在

我自己的铁床上，

如果可能，

还得有荷兰布的被单。

你没有看见我

从胸口直到喉咙的伤口？

——你的白衬衫上

染了三百朵黑玫瑰，

你的血还在腥气地

沿着你的腰带渗出。

但是我已经不再是我，

我的屋子也不再是我的。

——至少让我爬上

这高高的露台；

允许我上来！允许我

爬上这绿色的露台，

那儿可以听到海水的回声。

于是这两个伙伴

走上那高高的露台。

留下了一缕血迹。

留下了一条泪痕。

许多铅皮的小灯笼

在人家屋顶上闪烁。

千百个水晶的手鼓，

在伤害黎明。

绿啊，我多么爱你这绿色，

绿的风，绿的树枝。

两个伙伴一同上去。

长风留给他们嘴里

一种苦胆，薄荷和玉香草的

稀有的味道。

朋友，告诉我，她在哪里？

你那个苦辛的姑娘在哪里？

她等候过你多少次？

她还会等候你多少次？

冷的脸，黑的头发，

在这绿色的露台上！

那吉卜赛姑娘

在水池上摇曳着。

绿的肌肉，绿的头发，

还有银子般沁凉的眼睛。

一片冰雪似的月光

把她扶住在水上。

夜色亲密得

像一个小小的广场。

喝醉了的宪警

正在打门。

绿啊，我多么爱你这绿色。

绿的风，绿的树枝。

船在海上，

马在山中。

西班牙宪警谣

洛尔迦

黑的是马。
马蹄铁也是黑的。
他们大氅上闪亮着
墨水和蜡的斑渍。
他们的脑袋是铅的
所以他们没有眼泪。
带着漆布似的灵魂
他们一路骑马前来。
驼着背，黑夜似的，
到一处便带来了
黑橡胶似的寂静
和细沙似的恐怖。
他们随心所欲地走过，
头脑里藏着
一管无形手枪的
不测风云。

啊，吉卜赛人的城市！

城角上挂满了旗帜。

月亮和冬瓜

还有蜜渍的樱桃。

啊，吉卜赛人的城市！

谁能看了你而不记得？

悲哀和麝香的城，

耸起着许多肉桂色的塔楼。

到了夜色降临，

黑夜遂被夜色染黑，

吉卜赛人在他们的冶场里

熔铸着太阳和箭矢。

一匹重伤的马

敲遍了所有的门。

玻璃做的雄鸡啼鸣

在海莱士附近。

裸体的风从一个

想不到的角上刮起

在这白金的夜里，

黑夜遂被夜色染黑。

圣处女和圣约瑟

遗失了他们的响板，

来寻找吉卜赛人

问他们可曾找到。

圣处女穿了市长太太的

用朱古律包纸做的衣裳

还戴一圈杏仁的念珠。

圣约瑟动着他的胳膊

在一件缎子大氅底下。

背后走的是贝特洛·杜美克

还跟着三位波斯的苏丹。

半规圆月在梦中

高兴得像一只白鹤。

旗帜和街灯

侵入了屋顶的平台。

腿股细瘦的舞人

都在镜子里呜咽。

水和影，影和水，

在海莱士附近。

啊，吉卜赛人的城市！

城角上挂满旗帜。

熄掉你们的绿光吧，

功臣来了！

啊，吉卜赛人的城市！

谁能看了你而不记得？

（让她远离大海

没有梳子给她分披头发。）

他们两两成行地前进，

来到节日的城市，

长春草的簌簌声，

在他们子弹带里响起，

他们两两成行地前进，

黑衣的夜色配了双档。

他们以为繁星的天

是一个装马距的玻璃橱。

这个被惊慌赶空的城市

打开了无数门户。

四十名宪警

进去大肆劫掠。

时钟都停止了，

瓶里的高涅克酒

装出十一月的神色

为了免得引起疑心。

风旗滴溜溜旋转

发出尖锐的惊叫。

佩刀挥劈生风

许多人头遭殃。

沿着半明半暗的街路

吉卜赛老妇人四处狂奔

牵着她们的打盹的马

驮着丰满的钱罐。

灾星似的大氅

向高高的坡路跑上,

只留下在背后

一阵剪刀似的旋风。

吉卜赛人都聚集在

伯利恒门口,

圣约瑟满身是伤,

在给一个姑娘包扎殓布。

顽固的枪声又尖又响,

震穿了整个黑夜,

而圣处女还在给孩子们

用星星的口涎止痛敷伤。

但那些宪警

还要来散播火花,

从这里,年轻而裸体的

幻想便着火焚烧。

冈波里奥家的露莎

在她门口呻吟倒下。

她两个乳房已被割掉

在一个茶盘里盛放。

还有些逃奔的姑娘,

好像辫子也在追她,

在这爆发着黑火药做的

玫瑰花的空气中跑过。

当所有的屋顶平台

都成为地里的沟渠,

黎明耸着它的肩膀

现出一个人巨大的冷酷的侧影。

啊,吉卜赛人的城市!

宪警已经从一个

静静的隧道里走远,

而你的四周还都是火焰。

啊，吉卜赛人的城市！
谁能看了你而不记得？
让他们到我脑门里来找你
这一出月亮和沙的游戏。

短歌

——赠格劳提奥·纪廉，时在塞维拉，他还是一个孩子。

洛尔迦

在月桂的枝叶间，

我看见黑鸽子一双。

一只是太阳，

一只是月亮。

"小邻舍，"我对他们说，

"我的坟墓在何方？"

月亮说："在我喉咙里。"

太阳说："在我尾巴上。"

而我这个行人，

大地沾到我腰旁，

看见了两只云石的鹰，

和一个裸体的女郎。

两只鹰一模一样，

而她却谁都不像。

"小鹰儿，"我对他们说，

"我的坟墓在何方？"

月亮说："在我喉咙里。"

太阳说："在我尾巴上。"

在樱桃的枝叶间，

我看见裸体的鸽子一双。

他们都一模一样，

两个又谁都不像。

恋爱的风

洛尔迦

有个苦味的根
有个千扇窗的世界。
最小的手也不能
把水的门儿打开。

哪里去？哪里去？哪里？
有千片平坛的天庭。
有苍白的蜜蜂的战斗。
还有一个苦味的根。

苦根。

苦痛的是脚底，
和脸面的里层。
苦痛在新砍伐的
夜的新鲜的树身。

恋爱啊，我的冤家，
我啃着你苦味的根！

小小的死亡之歌

洛尔迦

月亮的垂死的草场，
和地下的血，
古旧的血的草场。

昨日和明日的光，
草的垂死的天，
沙的黑夜和亮光。

我遇到了死亡，
在垂死的草场上，
一个小小的死亡。

狗在屋顶上。
只有我的左手
抚摸过枯干的花的
无尽的山冈。

灰烬的大教堂，

沙的黑夜和亮光，

一个小小的死亡。

我，一个人，和一个死亡，

只是一个人，而她

是一个小小的死亡。

月亮的垂死的草场。

雪在呻吟而颤抖

在门的后方。

一个人，早已说过，有什么伎俩？

只有一个人和她。

草场，恋爱，沙和光。

吉他琴

洛尔迦

吉他琴的呜咽
开始了。
黎明的酒杯
破了。
吉他琴的呜咽
开始了。
要止住它
没有用，
要止住它
不可能。
它单调地哭泣，
像水在哭泣，
像风在雪上
哭泣。
要止住它
不可能。

它哭泣，是为了
远方的东西。
要求看白茶花的
和暖的南方的沙。
哭泣，没有鹄的箭，
没有晨晓的夜晚，
于是第一只鸟
死在枝上。
啊，吉他琴!
心里刺进了
五柄利剑。

保卫马德里

R·阿尔倍谛

马德里，西班牙的心，
脉搏狂热地奔跃。
昨天他的血已烧得很热，
今天却更热地燃烧。
它已经不能睡觉，
因为马德里所以要睡觉，
是为了可以一天醒来，
可是黎明却不会来相招。
马德里，不要忘记战争，
你永远不要忘掉
在你前面，敌人的眼睛
把死的视线向你抛。
在你的天空中
鹰鸷在那儿飞绕，
想扑向你红色的瓦屋，
你英勇的百姓，你的街道。

马德里，但愿永不要说，

永不要传言或想到

在西班牙的心中

热血会像冰雪消。

英勇和忠耿的泉源，

你该把它们永保，

巨大的惊人的江河

该从这些泉源流涌滔滔，

但愿每一个城区，

当那不幸的时辰来到，

这时辰决不会来的，

都比强大的要塞坚牢；

人人都像个城寨；

他们的额角像碉堡，

他们的胳膊像长城，

像门户，谁也不能来打扰。

谁要和西班牙的心

来较量，就让他来瞧瞧。

快点，马德里还远哪。

马德里知道自己防保。

用肩，用脚，用肘子，

用牙齿，用指爪，

挺胸凸肚，横蛮强直，

临着达霍河的绿波渺渺，

在纳伐尔贝拉尔，

在西关沙，在有枪弹呼啸

的地方——那些枪弹，

想把它的热血冷掉，

马德里，西班牙的心，

土地的心，在它的底奥，

要是挖一下，就看见有一个

又深又大又堂皇的大洞窖。

像是一个山涧，等待着……

只要把死亡往里抛。

保卫加达鲁涅

R·阿尔倍谛

加达鲁涅人啊！加达鲁涅，

你们美丽的大地母亲，

她那么地系着你们的心，

那么，她和你们姊妹般相亲，

腰傍着大海，

头和群山为邻，

热爱着她的自由，

把她的儿女送去从军。

在沙拉戈萨大路，

在怀斯加的城根，

在托莱陀的平原，

在西班牙全境，

潺潺流着加达鲁涅的血，

和应着她语言的音韵。

可是为要使你所想的东西的音韵

继续地高响入云，

不要忘记啊加达鲁涅，

对着马德里，在远方，

敌人的目光窥伺着，

想给她以死亡。

加达鲁涅人，如果马德里死了，

怎样的侵略，怎样黑暗的流氓，

怎样肮脏的娼妓，

怎样残酷古怪的人一大帮，

就会想来打开，

你的美好的门墙！

现在马德里是

战斗的轴心和心脏，

它坚强的脉搏一停止，

你便像头颅一样，

你的颈项会被人欲得甘心

和最受人艳羡的珍宝相仿。

那时那些醉醺醺的将军们，

将怎样地欢宴一场；

席上不铺白色的台布，

却铺染血的衣裳！

勇敢的加达鲁涅人，

你们的独立决不会让

那一类无人性的怪物

拿来饕餮一场！

须知加达鲁涅的自由，

是在马德里争短长；

工厂，城市，田野，

山峦和你大地的宝藏，

以及使土地辉耀

又送出船舶来的海洋——

那些船舶，一触到海岸，

便化为崭新的银子发光。

加达鲁涅的人民，当心！

加达鲁涅的人民，谨防！

以西班牙的心，

唯一土地的心脏，

加达鲁涅人，我向你们致敬：

你们的独立万寿无疆！

微风

阿尔陀拉季雷

小麦的高高的叶子
好像互相追逐着。
受着羁縻的
稠密的绿色的奔驰，
永不能像水一样
在河里奔流，
它们永远会在四壁间
勒住它们的喧嚣。
它们来去寻问
却遇不到那已失去的。
它们互相击撞，践踏
无知觉地来来往往，
撞着空气的墙，
它们绿色的身体受了伤。

梦 乡

勃莱克

醒来，醒来，我的小孩！
你是你母亲唯一的欢快；
为什么你在微睡里啼泣？
醒来吧！你的爸爸看守你。

"哦，梦乡是什么乡邦？
什么是它的山，什么是它的江？
爸爸啊！我看见妈妈在那边，
在明丽水畔的百合花间。

"在绵阳群里，穿着白衣服，
她欣欣地跟她的汤麦踯躅。
我快活得啼哭，我鸽子般唏嘘；
哦！我几时再可以回去？"

好孩子，我也曾在快乐的水涯，
在梦乡里整夜地徘徊；

但远水虽平静而不寒，

我总不能渡到彼岸。

"爸爸，哦爸爸！我们到底干什么，

在这个疑惧之国？

梦乡是更美妙无双，

它在晨星的光芒之上。"

风车

魏尔哈仑

风车在夕暮的深处很慢地转，
在一片悲哀而忧郁的长天上，
它转啊转，而酒渣色的翅膀，
是无限的悲哀，沉重，而又疲倦。

从黎明，它的胳膊，像哀告的臂，
伸直了又垂下去，现在你看看
它们又放下了，那边，在暗空间
和熄灭的自然底整片沉寂里。

冬天苦痛的阳光在村上睡眠，
浮云也疲于它们阴暗的旅行；
沿着收了它们的影子的丛荆，
车辙行行向一个死灰的天边。

在土崖下面，几间桦木的小屋
十分可怜地团团围坐在那里；

一盏铜灯悬挂在天花板底下，
用火光渲染墙壁又渲染窗户。

而在浩漫平芜和朦胧空虚里，
这些很惨苦的破屋！它们看定
（用着它们破窗的可怜的眼睛）
老风车疲倦地转啊转，又寂寞。

穷人们

魏尔哈仑

可怜的心脏有如此：
那里有眼泪的清池，
像坟地里的碑石，
一样的苍白。

可怜的肩膀有如此：
苦难和重负在那里安置，
比沙碛间的赭色屋顶
更加费劲。

可怜的手掌有如此：
和路上的落叶没有差次，
像门边的残叶一样
又枯又萎黄。

可怜的眼睛有如此：
谦卑，忧虑又仁慈。

比风暴中牲口的眼，
更显得凄然。

可怜的人们有如此：
有疲劳安命的姿势，
穷困扑住他们不放，
在一片大野洪荒。

凄暗的时间

梅特林克

这里走过往昔的愿望，
还有疲人的幻境，
还有衰颓的梦想；
那里是希望的往日盈盈！

今朝还要逃向何方！
已没有一点天星；
只有烦怨披着冰霜，
只有片片的月色幽青。

还有那陷阱中的呜咽
你看那些无火的病者，
你看那些绵羊跟着白雪；
垂怜一切罢，我的主宰！

我啊，我等待着些苏醒；

我啊，我等着飘过了睡眠；

我等着些阴光晶晶，

照在我被寒月冰冻的手间。

歌

梅特林克

一

如果一天他回来，
怎样来措辞？
——对他说我等待他
一直等到死……

如果他认不得我，
还问个不完？
——对他说话像妹妹
也许他心酸……

如果他问你何在，
怎样回答他？
——给他我的金指环，
不回一句话……

如果他问为什么

厅里空无人？

——给他看熄灭的灯

和敞开的门……

如果那时他问起

垂危的时辰？

——对他说我曾微笑，

怕他泪淋淋……

二

我找了三十年，妹妹们，

他在哪里藏身？

我走了三十年，妹妹们

总不能够接近……

我走了三十年，妹妹们，

我的脚也疲困，

他曾无所不在，妹妹们，

而今并不生存……

时辰终于悲哀，妹妹们，
除掉你们的鞋，
夕暮也逝去了，妹妹们，
我的心痛难捱……

你们只十六岁，妹妹们，
远离开这里呀，
拿我的进香杖，妹妹们，
也去寻找一下……

毒树

普希金

在贫瘠的大荒里，
在灼热的土地上，
毒树遗世而独立
像狰狞的哨兵一样。

干渴的大漠之神
在暴怒的日子生了它，
又用了毒汁灌进
它的根，叶和枝桠。

毒汁穿过树皮，一滴滴
掉下来在午热中融开，
在晚凉中它又凝结
成厚厚的透明的胶块。

没有小鸟飞来稍驻，
没有猛虎走近，唯有黑风

有时长驱奔向这死树，
然后又带来死奔去无迹。

如果有浮云飘过，
在它浓荫上把雨洒下，
雨水就变成鸩毒，
流到了焦土黄沙，

可是一个人虎视眈眈，
派一个人向毒树前进；
于是他奉旨不敢怠慢，
取了毒胶来报命。

他取了致死的毒胶，
还带着半枯的绿枝一根，
他苍白的额上一条条
流着冷汗不停。

他并不空手回来，
可是他倒在帐篷的席上；
这个可怜的奴才
死在无敌之军的身旁。

于是君主拿他的箭矢，

在这毒胶里染浸，

他这样分布着死

给他远近的邻人。

母牛

叶赛宁

很衰老，掉了牙齿，
角上是年岁的轮，
粗暴的牧人鞭策它
从一个牧场牵它到另一牧场。

它的心对于呼叱的声音毫无感动，
土鼠在一隅爬着
可是它却凄然缅想
那白蹄的小牛。

人们没有把孩子剩给母亲，
它没有享受到第一次的欢乐。
在赤杨下的一根杆子上，
风飘荡着它的皮。

而不久在稞麦田中，
它将有和它的儿子同样的命运，

人们将用绳子套在颈上
牵它到宰牛场中去。

可怜地，悲哀地，凄惨地，
角将没到泥土中去……
它梦着白色的丛林
和肥美的牧场。

安息祈祷

叶赛宁

一

吹角吧，吹角吧，灭亡的号角！
在道路的磨光了的腰上，
我们怎样再生活呢，怎样再生活呢？
你们，这些狗虱的爱好者，
你们不愿意吮阉马的奶吗？

不要再夸你们的卑微的臭嘴了。
好好歹歹，只要知道，就拿去！
当夕阳激怒的时候
将用血色的霞光之帚
鞭你们的肥臀。
冰霜不久将把这小村和这些平原
用石灰一般地涂白。
你们什么地方都逃不掉灭亡。
你们什么地方都逃不掉敌人。

就是他，就是他，挺着他的铁肚子

他向山谷口伸出他的五指。

老旧的磨坊动着耳朵，

磨尖着它的面粉的香味，

而在院子里，那脑髓已流到

自己的小牛中去了的沉默的牛，

在把它的舌头在槽上拂拭着时，

嗅出了在平原上的不幸。

二

啊！可不是为了这个

村后的口琴才那么悲哀地奏着？

它的哒——啦啦啦——底哩哩

悬绕着窗子的白色的搁板上。

可不是为了这个，黄色的秋风

才在青天上抹动着，

才像刷发似地

捋下枫叶！

他在那里，他在那里，这可怕的信使，

他用他沉重的脚步蹂躏花丛。

永远越来越强的，歌声惨奏着，

在青蛙的叫声下面，在稻草中。

哦！电的晨曦，

皮带的导管沉闷的战斗，

那儿屋子的木肚子

挥着钢铁的狂热。

三

你有没有看见，在莽原中，

在湖沼的雾中，那用铁的鼻腔

打着鼾的大火车，

是如何地跑着？

而在它后面，在肥美的草上，

好像在一个绝望的赛跑中似地，

把小小的脚一直举到头边，

那红鬃的小马是如何地奔着？

可是亲爱的，亲爱的可怜的傻子，

它向何处跑着啊，它向何处跑啊？
它难道不晓得那钢铁的骑兵
已征服了活的马吗？

它难道不晓得在那没有光的田野上，
它的奔驰已不复会使人想起
贝岂乃克用他莽原中的两个美妇
去交换一匹马的时候了吗？

定命已经用惊人的方法，
把我们的市场重染过。
而现在人们是拿一千"布特"马皮
去买一辆机关车了。

四

坏客人，魔鬼带了你去吧！
我们的歌不能和你一起生存。
当我还是小孩的时候，
我为什么不把你像水桶似的溺在井里！

他们是只配在那里，望着，

并用白铁的吻涂自己的嘴，——
只有我应该像圣歌的歌者似地
唱着对于故乡的赞美歌。

为了这个，在九月中，
在干燥而寒冷的泥土上，
树头撞着篱笆，
山梨才披满了果实。

为了这个，那些染着
稻草的气味的农民们
才喝着烈酒
互相卡住喉咙。

编后记

精品阅读谱系中必然会有
戴望舒的一席之地

北塔

一、望舒书籍的出版大致显现了持续升温的态势

这些年，尽管我的其它书在不断地再版，但《戴望舒传》出版16年来，却少有人问津，以至于我以为，这样的学术性尤其是跟诗歌沾边的书籍，在所谓"纸质出版的寒冬"里，是属于被封冻的品种。要知道，自从20世纪90年代以来，诗集之出版如同老处女的婚姻大事——是难以启齿的话题。因此，我也没动念去询问任何一家出版社（包括原社），他们是否愿意再版本书。

领读文化找我执著地要再版《戴望舒传》，一开始我还以为，那完全是因为个人喜好戴望舒，而一时冲动呢。后来，我

稍微了解了一下，才知道，自从2009年以来，望舒书籍的出版大致显现了持续升温的态势。在我个人有限的视域内，2009年、2010年和2012年分别出版了2种，2013年4种（值得一提的是：这年，湖南电子音像出版社还强势推出了上海电影译制厂国家一级演员乔榛先生朗诵的《雨巷的丁香——戴望舒作品朗诵专集》，倍受欢迎），2014年6种，2015年4种，2016年竟至于达到了10种之多！一个诗人，一个民国时代的诗人，一个已经死去半个多世纪的诗人，一个几乎从来不为大众写作的诗人，今天居然有如此不俗的出版业绩，委实让我觉得有点不可思议。然而，这些都是事实！联想到2015年以来有几家有人文情怀出版社为当代诗人推出本版诗集（包括北岳文艺出版社和北方文艺出版社分别推出鄙人的诗集《滚石有苔》和《巨蟒紧抱街衢北京诗选》）；以至于我恍然觉得纸质出版是否已经走出了冬天。抑或，这只是冬天里的一抹意外的温暖？

不管怎样，作为写书的人，看到读书的人多了，自然是高兴而感恩。只有做好每一本书，才对得起读者的热忱与厚爱。

二、创作与翻译并驾齐驱的戴望舒

领读文化在跟我谈我的戴传的再版计划时，说要配套推出一个戴诗的新选本。戴望舒一生创作的诗歌不足百首，而且都是短制。全部放在一个集子里，也不厚。况且，并非他全部的诗都是好诗；选来选去，就那么多。无论怎么样，也弄不出一个别出新意的选本。

因此，我主张选编一部戴望舒创作和翻译的诗歌合集，总的编选原则是少而精，仿照《庄子》的体例，分"内篇（创作）"和"外篇（翻译）"两大部分，内、外的数量大致相当。

将戴望舒创作和翻译的诗歌合在一本书里；这种做法我不是独创，更不是首创。

望舒的诗歌成就及其对中国现当代诗歌的影响，是创作与翻译并重的。有些人甚至认为，翻译的分量更重一些。他的翻译量大、质优而且与欧洲现代主义诗歌创作同步，为一代代中国诗人所输入的弹药和提供的营养，为许多业内人士所认可甚至赞赏。

王佐良评价说，戴译的语言"处于活跃状态，即一方面有足够灵活性适应任何新的用法，另一方面又有足够的韧性受得住任何粗暴的揉弄"。

王家新对戴望舒的翻译做出了极高的评价："而作为洛尔迦诗歌的译者的戴望舒，其对后来诗人尤其是对自早期北岛以来的诗人的影响，也远远超过了作为诗人的戴望舒。这样讲，是因为借助于对洛尔迦诗歌的翻译，汉语作为一种诗歌语言的质地、魅力和音乐性才有可能出乎意料地敞开自身，我们甚至可以说，汉语在戴望舒翻译洛尔迦时几乎被重新发明了一次！是的，翻译不是创作，但，正是因为有这样的译作出现，汉语诗歌的写作才有可能摆脱自身的局限和语言惯性，并被诗人们提升到一个新的维度。"

北岛本人对戴译也是赞誉有加，认为"时至今日，戴的译文依然光彩新鲜，使中文的洛尔迦得以昂首阔步。后看到其他译本，都无法相比"。

北岛曾经对戴望舒所译洛尔迦的诗作《梦游人谣》做了52处改动。理由是"某些词显得过时"和"以求更接近原意"，或"除了个别错误外，主要是替换生僻的词，调整带有翻译体痕迹的语序和句式"，或"戴译本有不少差错"。

但是，论者都认为，这样的改动并不意味着改善，有时反而是改坏，至少还不如戴译。如，诗人翻译家黄灿然说："仔细校对北岛的改译，我暗暗吃惊，不是吃惊于北岛的粗率，而是吃惊于戴望舒的精湛。若再考虑到戴译仍只算是未定稿，那吃惊就会变成敬畏。""这样改译一位前辈的经典译作，是没有先例的；这样不提供改译的证据和不给出原译、英译和原文做参照，是前所未闻的；而改译者在提到他对原译'做了某些改动'时那轻描淡写的语气和提到原译实际上并不存在的缺点时那不容置疑的口吻，与他真正制造的众多瑕疵和严重错误之间构成的强烈反差，则不能不使人感到遗憾。"（黄灿然：《粗率与精湛》，载《读书》杂志2006年第7期、第8期）

三、删选之原则

余光中曾说，戴诗值得流传的大约有十几首。跟其他千千万万诗人比较起来，那已经是很了不起的成绩了。不过，我们如果把尺度稍稍放宽大一些，值得我们今天再读的不止那么十几首。因此，本书所收望舒创作的诗歌大概占他全部诗歌创作的将近一半。

而本书所收望舒翻译诗的量约摸只有总量的五分之一。如果我们把他年轻时候的练笔都算的话，他翻译诗歌的量非常大，大约有300首抒情诗，还有一部诗剧、一部叙事诗和一部长诗。

王文彬与金石主编的三卷本《戴望舒全集》（中国青年出版社，1999年）是创作与翻译并包的。其中诗歌卷收录了他大部分创作与翻译的诗作。"由于著作权益等问题所限"，有七位诗人的译作最后只有篇名，作为附录。只有篇名没有正文，就如同只有芳名或靓照，却见不到佳丽本人一样，会让读者心痒而不得。诗歌卷是763页，而小说卷是828页。我估计，如果让那些只有篇名的作品全身而现，诗歌卷可能相当于或略多于小说卷的体量，将达1000页。总之，本书所含只约略为望舒一生所写所译诗歌之五分之一的篇幅。

也就是说，我舍弃了戴望舒所创作与翻译的诗歌总量的大约五分之四。

在此，我有必要交代一下我舍弃的几条基本原则。我未选的主要是以下几类：

1.译成了散文体的，因为本书是诗集，只收诗体文本。比如奥维德的《爱经》，本来是诗体，但望舒"以散文译之，但求达情而已"（望舒所撰译序）。此书我在上大学时候就曾买单行本细读过。我当然知道，那是所谓"古典文学之精髓"，尽管奥维德也"诲淫"涉性，但大部分内容还是可以放到阳光下的，"故虽遣意狎亵，而无伤于典雅；读其书者，为之色飞魂动，而不陷于淫佚。"（译序）。也因此，此古罗马之《爱经》与彼古印度之《爱经》（Kama Sutra）非其同类，后者可以说是《性爱经》乃至《性经》，古罗马世风之淫秽奢靡，与古印度教义之性爱神化相比，小巫见大巫也。

　　此书原名为《爱的艺术》（Ars Amatoria）。在古希腊罗马时代，"艺术"含"技艺"乃至"技巧"（skill）或"技术"（technology）之意；从本书实际内容来看，译成《爱术》更加准确，正如望舒所译本书开篇所说的"假如在我们国人中有个人不懂得爱术，他只要读了这篇诗，读时他便立会，他便会爱了。"望舒把《爱术》译为《爱经》，乃曲为之讳，给本书披上了文字遮羞布。正如汉儒给"诗三百篇"戴上"道巾"而称之为《诗经》一样。1929年4月，望舒的译本在水沫书店出版前夕，即3月23日，《申报》曾登出广告，说"多情的男女青年当读"。有兴趣的青年朋友们现在也可以去买单行本来读，不过，其效果未必如奥维德自己所吹嘘的，一读就会爱。望舒作为本书译者，平生三次婚恋，均以失败告终。我本人当年读了之后，也觉得并无助于恋爱之成功。

2. 纯叙述性乃至叙事性的，比如《屋卡珊和尼各莱特》，这是流传于法兰西南方民间的叙事诗或者说诗体小说，约产生于12世纪末或13世纪上半叶，是无名的行吟诗人的口头创作。它的体裁是一节散文的说白夹杂着一节韵文的歌词，与我家乡的弹词颇为类似。所以戴望舒直接说它是"法国古弹词"。里面的诗体部分，如同苏州评弹里的唱词，也是为叙事服务的；所以，很难说具有独立性，与近现代意义上的诗歌概念距离甚远。

顺便说一下，王文彬与金石主编的三卷本《戴望舒全集》之"诗歌卷"第318页中说："译本于一九二七年九月由上海光华书局出版，施蛰存作《序》。""一九二七年"的说法是错误的，因为施蛰存作《序》落款的时间是民国"十六年十二月"，即1927年12月，怎么可能出版时间比作序时间还要早？事实上，此单行本出版于1929年。

3. 情思寡淡的。比如果尔蒙的有些作品，语言像绕口令似的，过多的复沓掩盖内容的贫乏；相比较而言，我更喜欢耶麦的质朴与厚实。

再如，英国19世纪所谓的唯美主义诗人欧内斯特·道生

（Ernest Dowson，1867-1900）的创作，无聊，空乏，勉强，无病呻吟，为赋新词强说愁，没有生活，更没有对生活的真情实感，委实是"颓"（可能产生艺术上的杰作，比如波德莱尔的某些诗）而至于"废"（产生的是毫无价值的废品）了。望舒和杜衡于1927-1928年间之所以花费大量时间精力译了这位仁兄的作品——不仅有诗，还有诗剧，可能是因为受了创造社那些喜欢咋呼和作势的文人的影响，郭沫若、成仿吾、郁达夫等人有一阵子热衷于译介这个颓废诗人的作品。

我反复读了望舒他们的译文，也读了一些道生的原文，犹豫再三。望舒他们译了那么多，我一开始不好意思一首都不选，但最后还是决定全面放弃。因为我们这个选本就是要坚持言之有物、宁缺勿滥的原则。我觉得，望舒他们翻译道生，真是浪费了太多的时间精力，完全不值当。

冯雪峰当年当面曾严厉批评过他们（施蛰存《戴望舒译诗集序》，湖南人民出版社，1983年）。很快，他们自己应该也是幡然醒悟到这一点的，所以，一直没有拿出来发表。尽管他们一直保留着抄本，尽管在他们成名之后，尤其是在他们自己经营出版社期间，出版他们翻译的道生作品集易如反掌；但他们始终没有那么做，因为他们肯定认为那么做，不仅浪费纸张，而且还误人子弟。

施蛰存对此应该也有基本的判断和清醒的认识，否则，他在20世纪80年代初编选《戴望舒译诗集》（长沙：湖南人民出版社，1983年）时，不会只选录了望舒翻译的三首道生的诗。他的意思是意思一下就行了。当然他的理由很硬，很堂皇。因为译稿抄本上没有明确标明哪些是望舒译的，哪些是杜衡译的；他明确记得望舒译的，只有那三首，他不能自作主张，替望舒掠美。但是，我想，假如抄本上有明确的标志和署名，施恐怕也不会选很多。

王文彬与金石却不分青红皂白、萝卜白菜，把望舒他们译的道生的诗悉数收入他们主编的三卷本《戴望舒全集》，占据了129页之多！以至于诗歌卷篇幅出现了肿胀现象，最后"劣币驱逐良币（Bad money drives out good）"，七位优秀诗人的作品只能显示篇名！他们完全可以沿用施蛰存的借口和做法，只选道生的两三首短诗，而更多地乃至全部收录那七位的诗作。

4.修辞乏善的。比如，戴望舒曾以巨大的责任心和强大的使命感，计划翻译《西班牙抗战谣曲选》20首，最终译出了11首。

这些作品当然政治正确、斗志昂扬、琅琅上口，很实用，能鼓动，而且也有出自名家手笔的；但艺术上还是粗糙、简陋了一些，所以，我只选了两首相对出色的。

5.有些诗用的语言，今天看来，有些古旧、拗口或者说，离现在的口语比较远，我也就忍痛割爱了。

北塔

2019，11初稿于东城圆恩寺

定稿于海淀菅慧寺